贾平凹妙语

贾平凹 著
张孔明 编评

陕西新华出版传媒集团
陕西人民出版社

图书在版编目(CIP)数据

贾平凹妙语 / 贾平凹著;张孔明编评. —西安:陕西人民出版社,2009(2017.5 重印)

ISBN 978 – 7 – 224 – 08904 – 2

Ⅰ.贾… Ⅱ.①贾… ②张… Ⅲ.贾平凹—文学研究 Ⅳ.I206.7

中国版本图书馆 CIP 数据核字(2008)第 058678 号

贾平凹妙语

作　　者	贾平凹 著　张孔明 编评
出版发行	陕西新华出版传媒集团　陕西人民出版社
	(西安北大街 147 号　邮编:710003)
印　　刷	陕西汇丰印务有限公司
开　　本	710mm×1000mm　16 开　17.5 印张　2 插页　196 千字
版　　次	2009 年 5 月第 1 版　2017 年 5 月第 2 次印刷
书　　号	ISBN 978 – 7 – 224 – 08904 – 2
定　　价	35.00 元

卷首语

《贾平凹文集》，凡二十卷。作为责任编辑，我的读后感只有两个字："天才！"具体到贾平凹身上，我作如下解读：才华与生俱来，命在写作，偏就爱上了写作，偏就想写作就能写作，天时，地利，人和，加上天道酬勤，水到渠成，贾平凹不出名都不得成了，而750余万言行世，便是云在山头，谁能无视？文坛上，可能有人比他更有才气，但名气至今不能与他同日而语；可能有人比他更擅长写作，但成就几乎不能与他相提并论，原因究竟何在，让贾迷们和专家们钻牛角尖去，我且"投机取巧"，在"妙"字上做一篇文章吧。

读贾平凹的作品，总能读出"妙"来。无论小说或者散文，读，就递增兴趣，就伴生喜悦，心像被揪着，魂像被拽着，步入曲径了犹不知不觉，通达幽处了仍沉浸其中。短篇只嫌短，长篇不嫌长，满足着阅读的过程，享受着阅读的快乐，这该是多么美妙的事呵！能让读者如此如此，这般这般，平凹的法门何在？语言也。话有三说，巧说为妙。平凹知于巧，悟于巧，善于巧，巧于经纬文字，巧于驾驭语言，却又不拘泥于巧，不受制于巧，甚至超越巧，突破巧，巧到了好处，却不让人感觉到巧，这就是大巧了。大巧若拙，偏他能在拙处妙笔生花。同样的话，别人说总清汤寡水的没滋没味，平凹说却总是于平淡处，别有了不平淡的感觉；同样的事，别人说即使绘声绘色，却总像少了什么，平凹说即使平铺直叙，却总是于平静处，让人感觉到波涛汹涌。他的记叙像白话，他的描写像绘画，总有妙语、妙意穿梭其间。一篇文章里，有一两句妙语已经很了不起了，平凹的作品里，几乎是妙语一串串，看得人不能不生出如莲的喜悦。我编辑《贾平凹文集》，由冬而春而夏，等于把750余万言通读了一遍，仍觉不过瘾。一边读，一边笔勾，一边点评，竟有了近十万字的《贾平凹妙语人生》。既是编辑心得，又是阅读心得，不敢独享，索性拿出来与朋友们共享！

平凹的妙语当然远不止这些。事实上，我点评的，都出自贾平凹的散文部分。之所以这样，是基于如下的考虑：散文是作者心思、心智、心情的复写，容易与读者作形而上的身心交融。比如独白，就是贾平凹的人生轨迹的记录，他自说自话，既是有趣的，也是经验的，对读者理解贾平凹、借鉴贾平凹必然有好处。再比如写作，我点评的多了些，因为贾平凹是作家，写作是他的生活常态，关于写作的见解对读者更有意义。在我看来，"妙语"不只是为了好玩，其令读者会心一笑后的启发才是最应该珍视的。我绕开小说之良苦用心也在此。小说毕竟是虚构的，借助小说中人之口说出来的话即使美妙，却因为受小说结构的限制而失去了直接借鉴的价值。

《贾平凹妙语人生》可以被视为《贾平凹文集》的语言检索读本，读之，既可窥视贾平凹文学语言的概貌，也可以领略贾平凹个性创作的风貌。平凹是平常的，借助《贾平凹妙语人生》可以亲近；平凹是伟大的，阅读了《贾平凹妙语人生》之后，必然生出敬仰之心。如果视《贾平凹妙语人生》为一道彩虹，那么请相信，读完《贾平凹妙语人生》，读者就会发现自己已经站立在白云之上，俯瞰云卷云舒了。而只有居高临下，才能看清楚一个事实：贾平凹就是贾平凹，他拥有那么多贾平凹迷不是偶然的，有《贾平凹妙语人生》为证呵！

孔明

2009年2月17日

目录

1◎自白

45◎亲情

55◎爱情

61◎朋友

69◎女人

85◎足球

97◎山水

133◎书画

141◎人生

167◎人文

183◎世态

233◎写作

255◎读书

267◎贾平凹其人其事

自白

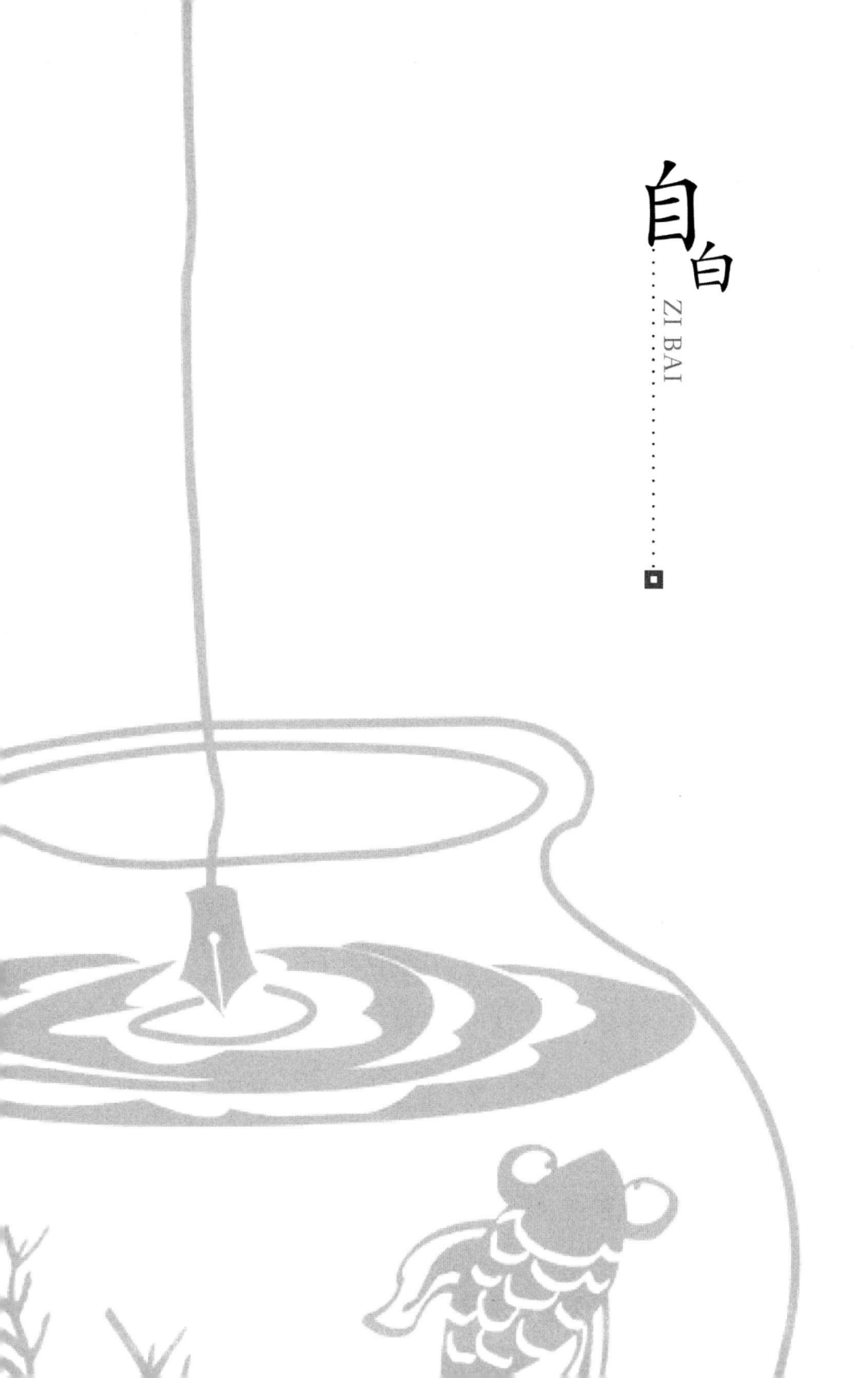

ZI BAI

我的小说名差不多都是两个字。我不喜欢作品名太花哨，太表面的诗意和刺激，我喜欢笨、憨，但有嚼头的命名。

姓贾，名平凹，无字无号；娘呼"平娃"，理想于顺通；我写"平凹"，正视于崎岖。一字之改，音同形异，两代人心境可见也。

生于一九五二年二月二十一日，孕胎期娘并未梦星月入怀，生产时亦没有祥云罩屋。幼年外祖母从不讲甚神话，少年更不得家庭艺术熏陶。祖宗三代平民百姓，我辈哪能显发达贵？

原籍陕西丹凤，实为深谷野洼；五谷都长而不丰，山高水长却清秀。离家十年，季季归里；因无"衣锦还乡"之欲，便没"无颜见江东父老"之愧。

先读书，后务农；又读书，再做编辑；苦于心实，不能仕途；拙于言辞，难会经济；捉笔涂墨，纯属滥竽充数。若问出版的那几本小书，皆是速朽玩意儿，哪敢在此列出名目呢？

如此而已。

■《我的小传》

> 幽默。自谦里充盈了成功的自信。

五岁那年，娘牵着我去报名，学校里不收，我就抱住报名室的桌子腿哭，老师都围着我笑；最后就收下了，但不是正式学生，是一年级"见先生履历，很是有趣。

习生"。娘当时要我给老师磕头，我跪下就磕了，头还在地上有了响声。那个女老师倒把我抱起来，我以为她要揪我的耳朵了，那胖胖的，有着肉窝儿的手，一捏，却将我的鼻涕捏去了。"学生了，还流鼻涕！"大家都笑了，我觉得很丢人，从此就再不敢把鼻涕流下来。因为没有手巾，口袋里常装着杨树叶子，每次进校前就揩得干干净净了。

◼《我的小学》

事实上，平凹就是个工蜂，而且是个勤劳的工蜂。天道酬勤，所以他取得了丰硕的成果。

我知道，不是所有的人都读我的书，不是所有读我书的人都喜欢我，不是所有喜欢我的人都理解我。我之所以还在热情不减地写作，固然是因为我只能写作，这如同蜜蜂中的工蜂，工作着就是存在的意义，还因为在这个时代里，人间的许多故事还真需要去写。

◼《一九九八年五月三日的笔记》

这是真本事——想做什么，就一定能做成什么，所以贾平凹成了贾平凹！

我虽然没有盖鸡窝盖成了大楼的本事，但我绝不会在盖大楼时盖成了鸡窝。

◼《握手》

他无意于将来要当作家，只是什么书都看，看了就做笔记，什么话也不讲。当黄昏一人独行于校内树林子里，面对了所有杨树上那长疤的地方，认定那是人之眼，天地神灵之大眼，便充裕而坚定，长久高望树上的云朵，总要发现那云活活的是一群腾龙跃虎。

■《西大三年》

有雄心壮志，却精神寂寞。

我喜欢用笔写作，也习惯了。用电脑快，但一个作家一生能写多少字呢？写不了多少的，何况手擀面条总比机器压出来的面条好吃。

■《手稿版〈西路上〉答孔明问》

平凹自己有电脑，但一直坚持用笔写作。他把自己手写比作擀面条。

被人索字渐渐成了我生活中的灾难，我家无宁日，无法正常地读书和写作，为了拒绝，我当庭写了启事：谁若要字，请拿钱来！我只说我缺钱，钱最能吓人的，偏偏有人真的就拿钱来。天下的事有趣，假作真时真亦假，既然能以字易钱，我也是爱钱的，那我就做书法家呀！

■《〈贾平凹书画〉自序》

正所谓圣贤庸行。

> 这不是自谦，是大实话。艺术创作，常常可以触类旁通。

我坦白招来，我没有临习过碑帖，当我用铅笔钢笔写过了数百万字的文章后，对汉字的象形来源有所了解，对汉字的间架结构有所理解，也从万事万物中体会了汉字笔画的趣味。如果我真是书法家，我的书法的产生是附带的，无为而为的，这犹如我去种麦子，获得了麦粒也获得了麦草。

■《〈贾平凹书画〉自序》

> 大我，所以小我，小心翼翼做我，待成参天大树，谁奈我何？此平凹之所以成为参天大树之故也。

我老婆骂我傻，说，怎么着，活到半百了，该你吃的时候，碗被别人先端了；该你瞌睡的时候，枕头被别人抽走了。但我死不承认我是傻子，因为我爱我的写作，生怕谁坏了我写作的环境，一心做自己的转化，想把虫子变成蝴蝶，想把种子变成树林。柳青当年为了成全他做事的环境，就曾说过他是挑着鸡蛋筐子过街，不怕他撞了别人，就怕别人撞了他。

■《活人真是难事》

五十岁后，野心还在，警惕固封，警惕书斋气而写得滑溜，将这套书出版了，就不再自顾自怜，寂寞会随之而至，携琴将重新上路。天行健，当自强不息，地势坤，以厚德载物，但愿天还再旦。

■《〈贾平凹小说精粹〉前言》

> 老道如老僧说话，家常话里有大觉悟。注意"再旦"两个字，内中有禅。

我是从新时期文学开始时就进入文坛，从事写作和编辑成了我几十年的一种生命方式。但我时常冒出一个念头：如果我当年不以偶然的机会进大学读书，如果不是在大学里当时去向不明的状况下而开始了写作，我现在会是什么样子呢？肯定是一位农民，一个矮小的老农。或许日子还过得去，儿孙一群，我倚老卖老，吃水烟，蹴阳坡，看着鸡飞狗咬。或许在耕地日益减少，生产资料价格越来越涨，生活陷入了困顿，我还得揉着膝盖，咳嗽着，进城去打工。但我想，无论我会是哪一类生存状态的农民，我可能也要去山上的庙里烧香磕头吧。

■《在第四届华语文学传媒大奖上的受奖辞》

> 是真话，真我。更广大的底层中国人就是这种生活状态。

> 这正是伏低伏小性格。

> 冷幽默，大智慧，思想在字里行间冲动，引人入胜。

如果我是茅草，让风来侧伏了我；如果我是高木，让凝霜来吹也。

■《〈贾平凹长篇系列〉序》

我体弱多病，打不过人，也挨不起打，所以从来不敢在外动粗。口又笨，与人有说辞，一急就前言不搭后语，常常是回到家了，才想起一句完全可以噎住他的话来。我恨死了我的窝囊。我很羡慕韩信年轻时的样子，佩剑行街，但我佩剑已不现实，满街的警察，容易被认做行劫抢劫。只有在屋里看电视里的拳击比赛。我的一个朋友在青春蓬勃的时候，写了一首诗："我提着枪，跑遍了这座城市，挨家挨户寻找我的新娘。"他这种勇气我没有。人心里都住着一个魔鬼，别人的魔鬼，要么被女人征服，要么就光天化日地出去伤害，我的魔鬼是酒罐上的颜色，出土就汽化了。

■《我有了个狮子军》

我似乎又恢复了我以前的生活，穿臃臃肿肿的衣服，低头走路。每日从家里提了饭盒到工作室，晚上回来。来人了就陪人说说话，人走了就

读书写作。不搅和是非，不起风波。我依然体弱多病，讷言笨舌，别人倒说："大人小心。"我依然伏低伏小，别人倒说："圣贤庸行。"出了门碰着我那个邻居的孩子，他曾经抱他家的狗把屎拉在我家门口，我叫住他，他跑不及，站住了，他以为我要骂他揍他，惊恐地盯着我，我拍了拍他的头，说：你这小子，你该理理发了。他竟哭了。

■《我有了个狮子军》

古往今来，得大道者，"圣贤庸行"；居高位者，"大人小心"。

《秦腔》力求简淡，在简淡而迷离之中见苍茫。现在流行一种写法，是语言上极尽华丽，即色彩上的梦呓，状语连接式的推进，增加阅读上的快感。《秦腔》则是整体的、混沌的、循环的。最当下的生活是难写的，既要写出鲜活，又要写得没有光气。

■《在〈秦腔〉首发上的讲话》

作者的自白，正是《秦腔》的特色所在。

我走下楼，是邮递员送来电报。"你是407吗？"他要证实。我说是的，现在我是407，住院时护士发药，我是348，在单位我是001，电话局催交电话费时我是8302328，去机场安检处，我是

> 平凹不谙电脑，却把人数字化了。真是匪夷所思。

610103520221121。说完了，我也笑了，原来我贾平凹是一堆数字，犹如商店里出售的那些饮料，包装盒上就写满了各种成分的数字。社会的管理是以法律和金钱维系的，而人却完全在他的定数里生活。世界是多么巨大呀，但小起来就是十位以内的数字和那一把钥匙！

◘《我是农民》

> 平凹总是在细节上出其不意。

我是一九六七年的初中毕业生，那时十五岁。细细的脖子上顶着一个大脑袋，脑袋的当旋上有一撮毛儿高翘。我打不过人，常常被人揪了那撮毛儿打，但我能哭，村里人说我是刘备。

◘《我是农民》

> 这是时代的留痕，是人生的轨迹，看似写我，实则写活了一段饥饿的历史。

面条已经捞出来时间长了，上边的一层有些硬，旁边的长凳上有个箶篮，里边是烤出的烧饼，一只苍蝇在上面起起落落。我是很长的日子没吃过这样的纯麦面面条和烧饼了，盼望着父亲能买一碗，我毕竟是中学生了，而且棣花的考生我是第三名，难道还不该奖励吗？但父亲没有给我买。我们又往前走，我恨我不是那只苍蝇。

◘《我是农民》

有一年商洛地区社火比赛，他们扮出了一摞书上站着一个穿风衣的人，下面写着"贾平凹"。只是扮我的小孩儿被抬着在街上招摇过市时被尿憋得"哇哇"直哭。旁边人说："不敢尿，不敢尿，你是贾平凹哩！"小孩说："我已经尿下了！"

■《我是农民》

故乡人的幽默里显现着智慧和荣耀。

我走到了小树林里去看那棵小桃树，小桃树已经有胳膊粗了，它并不是枝叶茂密，但亭亭玉立，临风摇曳。就是这棵小桃树，在它第一次结果的时候，我于一个星期五的午后发现了，是五个毛桃。于是，我保守着秘密一直到第二天中午，放了学，别人都回家了，我钻进来，摘了所有的桃子吃下。后来，我有了奇异的感觉，看什么都是有生命的。譬如我住院，老觉得医院的人群里是混杂着鬼的，医院的一草一木或许就是曾经去世了的人幻变的；在大街上，又总疑心熙熙攘攘的人流中是有着神祇或狐狸精以人的形象出现着。有这样的感觉就想到了这棵小桃树。是个好心的女子，它给了我一顿饭食。

■《我是农民》

奇思妙想，加上神来之笔，使平凡的东西有了不平凡的意味。

即使节省，也与众不同。

别人曾经取笑过我买了一把扇子，为了不让扇子烂，把扇子夹在腿缝里，头在扇子前左右摆动着起风取凉。这是编造的，但我吃芝麻烧饼，芝麻掉进桌缝儿里了，就一手猛拍桌面，使芝麻跳出来用另一只手接住了吃。

■《我是农民》

如此坦白，才足见性情与自信。

农村是一片大树林子，里边什么鸟儿都有，我在其中长高了、长壮了，什么菜饭都能下咽，什么辛苦都能耐得，不怕了狼，不怕了鬼，不怕了不卫生，但农村同时也是一个大染缸，它使我学会了贪婪、自私、狭隘和小小的狡猾。

■《我是农民》

玄想奇妙而入情入理。

我常常坐在家里玄想——我越来越喜欢玄想——为什么我就住在了这座房子里呢？握在手中的毛笔，笔毫是哪一头羊的毛呢？笔杆的竹子又是长在哪一座山上？在公共汽车上、在电影院里、在足球场看台上我紧挨身坐着的男人和女人怎么是这个而不是那个？山洪暴发，一块石子从山顶上冲下来，以至经过了丹江，到了汉江，到了长江，而有一天在长江的入海处，被一个人在河滩捡去了，那石子对于那个人来说，是石子在追寻着他，还是他在等待着石子，这其中是偶然呢还是必然呢？

■《我是农民》

歇脚地与歇脚地的距离是砍柴人久而久之形成的，是人负重能力的极限点。我们都坚持不了了，坚持不了也得坚持。我咬着牙，默数着数字往歇脚地赶。我在以后的生活中，这种须赶到歇脚地不可的劲头成为我干每一件事的韧性和成功的保证。许多人在知道了我的并不好的生存环境后，惊讶我的坚忍和执著，说我是一位真正的男子汉。我就笑了，这有什么呢？我在小时候走过无数次的歇脚地呀！

■《我是农民》

坚忍是生活逼出来的。

在八十年代中，我写过一首小诗，名为《单相思》。诗是这样写的：世界上最好的爱情／是单相思／没有痛苦／可以绝对勇敢／被别人爱着／你不知别人是谁/爱着别人/你知道你自己/拿一把钥匙/打开我的单元房间。这首诗是为了追忆我平生第一次爱上一个女子的感觉。爱着那个女子的时候，我没有勇气给她说破。十多年后写这首诗，我的读者并不知道它的指向。而巧的是，我的一位老乡来西安做事时，来到我家，提到他买过那本诗集，竟然在买书时那女子也在场，他们站在路边读完了全部诗句。说者无意，听者有心，我问他："×读过之后说什么啦？"他说："她笑了笑，一句话也没说。"我觉得很悲哀。这位老乡见我遗憾的样子，企图要安慰我："她哪儿懂诗？倒是她抱着的那只猫说了一个字'妙'！"他说完，"哈哈"地大笑起来，我也随之笑了。我一时的感觉里，她是理解了我的诗。也一定明白了这是为她而写的，但她已经早为人妻了，她的灵魂只能指使了猫来评说！

◼《我是农民》

> 这便是平凹式叙述的语言魅力所在，机巧里含着机智与机敏。

一个鸟总在楼台边叫，我睁眼看看，就看见了她一边打着绒线衣一边从官路上走过去，绒线团却掉在地上，她弯下腰去捡，长长的腿蹬直着，臀部呈现出的是一个大的水蜜桃形。几乎她也是听到了鸟叫，弯下身子将头仰起来，眼睛有点泪，

> 这样的女子，总能在平凹的小说里找到影子。

脖子细长长地勾勒出个柔和的线条。我的心"咯噔"地响了一下。我是确实听见了我心的响声，但我立即俯下头去，害怕让她看见了我正在看她。

◼《我是农民》

有一次，我和村里一个很蛮横的人在一起挖地，他说："我恨不是旧社会哩！"我说："为啥？"他说："要是旧社会，我须抢了×不可，做不成老婆，我也要强奸她！"我吃了一惊，原来他也想着她，但我恨死了这个人，我若能打过他，我会打得他趴在地上，扳了他的一嘴牙，让他的嘴变成屁眼儿的。

◼《我是农民》

平凹式的单相思！

第一次的初恋，使我恋得头脑简单，像掮着竹竿进城门，只会横着，不会竖着。那晚分手后，我倒生气得不愿再见她，发誓不去想她。可是，不去想她，偏又想她，岂能不想她呢？我躺在牛头岭上的地里看云，猛地醒悟她能把这件事说给我，并且听了我的话生气而走，正是说明她心里还有着我呀！她或许面临两难，拿不定主意；或

向苍蝇学习？闻所未闻，却是大识见。

许是以此事来试探我的爱的程度？我翻身坐起，决定着寻个机会再见她一面，我要勇敢地捅破这层纸呀！苍蝇不停地在头上爬，赶飞了，但它立即又来，我觉得苍蝇是勇敢的，我得向苍蝇学习。

◼ 《我是农民》

单相思真是妙也！

那一个早晨，我是起床很早的，借口去荷花塘里给猪捞浮萍草，就坐在塘边的路上等她去庙里。她是出现了，但同她一起的还有两个人，我只好钻入荷塘，伏在那里，头上顶着一片枯荷叶，看着她从前边的路上走过。她的脚面黑黑的，穿着一双胶底浅鞋，走一条直线，轻盈而俊俏。不久，听三娃说，关中的那个黑小子回去了，原本十有八九的婚事不知怎么就又不行了。我听了甚为高兴，三娃那日是在猪圈里起粪的，我很卖力地帮了他一上午。

◼ 《我是农民》

西部的大部分城镇已经走过，每走一个城镇，写一篇日记，写毕了用钢笔尖在身上扎一个点，血流出来，墨汁渗进去，留下戳记，我说，若死

后被剥下皮来，那将是一张别有意义的旅游图。西部对于我是另一个世界，纠缠了我二十多年的肝病就是去西部一次好转一次，以至毒素排出，彻底康复。更重要的是逃离了生活圈子的窒息，愈往边地去愈亲近了文学，我和我的影子快乐着。

◼ 《西路上》

一幅绝无仅有的旅游图。

我把我的牙没有丢在那一堆牙齿中，牙是父母给我的一节骨头，它应该是高贵的，便抛上了一座古寺的屋顶去。鞋是在家时略有些夹脚，没想到在古浪跑了一天，脚便被磨破了，血痂粘住袜子脱不下来，好不容易地脱下来了，夜里被老鼠又拉进了墙角的洞里。路还长远，还得用脚，这鞋是无论如何也不能再穿了，但鞋还未到破的程度，我并没有把它扔进河里，也未征询小路要不要收藏，只是悄悄将它放在路边。在我们老家的山区，路边常会发现一些半旧不新的草鞋或布鞋，那是供在山路上行走的人突然鞋子破了再勉强替用的。我继承了老家山民的传统，特殊的是我在鞋壳里留下字条：这鞋没有什么污邪，只是它对我有些夹脚，如你的婚姻。

◼ 《西路上》

非常之人，非常之举。

17

伏低伏小，由来已久。

懦弱阻碍了我，懦弱又帮助了我。从小我恨那些能言善辩的人，我不和他们来往。遇到一起，他愈是夸夸其谈，我愈是沉默不语；他愈是表现，我愈是隐蔽；以此抗争，但神差鬼使般，我却总是最后胜利了。

◼ 《性格心理调查》

梦想成真。

最幸福的是夜里做梦。常常夜半起来小解，都要闭眼，不让梦断。梦果然不断。我梦得绮丽古怪，醒来全能记得。时常梦里之事，过不久竟会变成现实，至今大感不解。

◼ 《性格心理调查》

怪癖也与众不同。

我在吃上极不注意，爱人为此十分担心我的身体。我不愿穿得整整齐齐，爱人因此大为不满。但我讲究地极干净，睡觉前也要扫一遍方能入睡；若不扫地，文章是无法写的。

◼ 《性格心理调查》

要讲话，那是别人的事，我不愿讲什么。我要讲的就是我，我又何必讲出来呢？

■《性格心理调查》

系心一处，守口如瓶。

创作之所以是创作，作是第二位的，创是第一位的，一切无定式，一切皆"扑腾"，如夜里行走，如湖中荡舟。我作过一幅画，是两座山中夹出一条细水，题诗：流，就是出路和前途。艺术的秉性是随心所欲的。

■《战胜自己》

创作之悟，石破天惊。

因为篇幅很小，写起来又必须要纵贯二三百年，必须要记十多件事，构思时就尽量限制自己：要写得紧凑，又要写得放松。就是说结构上要严谨，但空间要留得一定多，而将一种诗的东西隐流于文字的后面。当时为了表现得自然一点，我抓住丑石的特点，竭力铺开，写细，写活，而当写到后边，突然归结到丑与美的辩证法，埋没与擢用的规律上，这是我构思时未完全想到的，当时十分惊喜。写出后，一气又念着改了几处，删去一些多余的话，就装进信封投出去了。

■《关于〈丑石〉的通信》

《丑石》的诞生，散文的觉悟。

长成了参天大树。

在文学的密密的大森林里，我毕竟是一株弱小的树苗，我的周围，大树们齐齐都长上去了，我崇敬着他们，感谢他们都往上长，不能使我有空间去长些横枝斜杈。我能不能开出花，结出果，果子能不能由涩苦变甘甜，我不知道，我也从不去想，我只盯着我头上的那块高远的天空，往上长。

◼《〈心迹〉后记》

一家之言。

自来的作家是难分其谁高谁低，充其量是著名和不著名，而文章是千古事，你有你的读者，我有我的读者，不是一时煊赫就是杰作，一时冷寂就是劣品，流源不同，风格存异，各会领所风骚。艺术是靠征服而存在，征服的是时间。伟大的作品往往产生于创作时并不认为是伟大的惶恐中，是常常在客观和主观发生冲突的痛苦中。

◼《预言留在以后》

独辟蹊径，乃是平凹创作的法门。

我略悟到，愈是别人都写的，尽量少写，愈是别人不写的，详细来写，越是要表现骇人听闻之处，越是笔往冷静，不露声色，似乎随便极了，

无所谓极了。这种大涩，大冷，铁石心肠，才能赢得读者大润，大热，揪心断肠吧。

◼ 《关于〈冰炭〉》

我做过三部长篇，但长篇小说是什么，我却说不出来。在我的试验中，长篇小说就是不知道它是长篇小说。当我写得多了，觉得一些内容短篇负载不了，就写中篇，中篇也似乎负载不了，就写长篇，篇幅的长短完全根据内容的需要。

◼ 《对于长篇小说的随想》

> 创作之道，乃平凹之独道。

整日的独躺独想，起先以为是一种最残酷的刑罚，到后来便觉得有吸大烟的效果，因为夜里睡得安稳，现在不会迷糊，你想啥就来啥，睁着眼好像又在梦中，完全处于逍遥游了，所以便疑心庄子一定是患过大病躺过床的。

◼ 《〈人迹〉跋》

> 换了心境，病卧反倒成享受了。

贾平凹妙语

一叶知秋，诸叶知夏，妙也。

> 静虚村原是我客居的一个村庄，后迁居市内，以此又作了书斋名，想这些零乱的文章犹如秋天的落叶，现用扫帚将其集拢成堆，虽是颜色各异、形状不一的败叶，但毕竟可以看出那一个盛夏的。
>
> ■《〈静虚村散叶〉后记》

平凹作品的动人情处恰在这里：说心里话，说实在话，语不惊人，却足够回味！

> 我很爱我的生命，病不是我写作所致，病中写文章也不受累，写文章如同打针吃药一样，都是为了我能活着的需要。
>
> ■《〈人迹〉跋》

文以自慰，多喜而少忧，妙哉！

> 初写散文，我真的是为了自慰，喜时是为了把喜一分为二多喜，忧时能让忧以二化一少忧，无喜无忧则不提笔。
>
> ■《〈抱散集〉序》

卧在病床上想，有的人原是要当官的，可福分太浅，只能在戏台演官。我或许是要蹲几年牢的，念我良善，改作住院了。写文章挣钱，挣了钱吃药，这一身的肉都发苦。杨七郎死于箭下，若将针眼比箭眼，计算起来我早已万箭穿身了。

■ 《〈贾平凹小说精选集〉序》

如闻老僧说禅。

鸡下了蛋，蛋就不属于鸡了。

■ 《〈贾平凹小说精选集〉序》

放手。

我写短、中、长篇小说和散文，并不想到要证明我什么都行，我是觉得写长就长，写短就短，完全凭自在而为。回过头来，我喜欢写中篇。写散文是心情不好才写的。我写作有快感，并不累。我不认为我这是齐头并长，也不认为这样写是对实现一种大境界的耗费。或许，一切，都是试验，是试验着走近（不是走进）一种大境界吧。我也想磨出最锋利的尖，每写一个作品都感觉不错，过后则摇头了，我只能期待下一个作品。或许到头空空，那就该怨我没有宿命了。

■ 《答〈长城〉编辑问》

贾平凹之所以是贾平凹，原因在这里吧？

> 于此也可见平凹的个性。

我的小说名差不多都是两个字。我不喜欢作品名太花哨，太表面的诗意和刺激，我喜欢笨、憨，但有嚼头的命名。一切的比喻再好，都不如不比喻。

■《答〈长城〉编辑问》

> 此即所谓"大人小心"吧？平凹常以此语自喻。

我是挑着鸡蛋筐子过闹市，不敢挤人，只怕人挤了我。最大的自由是心的自由。

■《答〈生活〉杂志编辑部问》

> 知他人之所长，正是平凹之所长也。

沉稳相似于路遥，心理自在上类于王朔，如果更准确，我与他们小的地方都相似，大的地方全不同。不论是谁，比我长的地方我都羡慕。

■《答〈生活〉杂志编辑部问》

> 让作品说话，文人才有可能强大。

文人是天才和小丑的混合体，是上帝和魔鬼的作品，伟大而低贱，他最能吃到好果子，但总

是吃不到。现在的形势下，危机和机会同等，就看具体人了，但既然是文人，最最关键是有好作品，有好作品了才能谈得上别的。

◼ 《答〈生活〉杂志编辑部问》

人一旦成为名人，名字是自己的，别人用得最多，从出名的那一天起就没有了自己的安静和真实，完全凭着别人的好恶来活着。说好时，说得水能点灯，一俊遮了百丑；说得不好时，猪屙的狗屙的都是你屙的。人常说，淹死的是会游泳的，挨枪的是耍枪的，名人以名而荣，名人也以名而毁。

◼ 《〈走近名人〉序》

> 名人说名人，自然一针见血。

商州，永远在我的心中，我不管将来走到什么地方，我都是从商州来的。商州的最大的河流是丹江，当然还是这条水，它再流就成了汉江，再流就成了长江。

◼ 《〈商州：说不尽的故事〉序》

> 寓意于语言逻辑之中。

妙语

即使说家常话，也说出别样的味道。

当专栏作家原以为轻松，谁知那是紧箍咒，更像是法院里的传票。每月在一定的日子，广东一来电报，你就得交稿，不交不行，很有压迫感。但也于此，这一年的笔总算没有生锈，墨水瓶里不至于让苍蝇飞出。

■《〈四十岁说〉序》

再大的作家也无奈呵！

恼的是，在病房里默默地养病，窗外仍是风雨不止，别的管它怎的，而布于街头的书摊，不时有假冒的改装的我的新作和泼脏水的小册子的推销广告张贴，先是一个《霓裳》，再是《帝京》，再是《鬼城》，还有什么"滋味"，什么"事件"……要赚钱的赚钱，要出名的出名。不理吧，坏我声名与世风，理了又恐再提供人家赚钱、出名的机会，好不为难。只有放胆作一回骂：贱人！扎纸人做父母，自己是妓女，还要拉别人也充个嫖客！欣然的是，读者是不易哄的，作家可以欺负，读者则不容欺骗，他们开读一页就知有伪。朝天敢尿尿的人，尿落下来只能在自己的脸上。

■《〈四十岁说〉序》

商州的农民把人说成"走虫",说得好,是一条虫,又能走,一生中不知要走过多少地方!几年以前,我哪里也不去的,灶窝的鸡;这二年天南海北走遍,走乎其所不得不走,止乎其所不得不止,走的是狮虎,也走的是蝼蚁。

■ 《〈走虫〉自序》

人是走虫,多么形象的比喻呵!

我好的一点是没有心凉,写作的热情没有减退,我要对着社会说话,作品是我唯一的说话的方式。当我疲倦的时候,不妨对你说,一个人坐在书房悄悄垂泪,孤单和寂寞,深感自己的无能和无力,然后就慢慢平下心去,继续工作。这几部长篇和一两本散文就是这样产生的。我的写作自然不能比拟昔日和氏璧,但我有和氏的韧劲,我也相信我对石头和凿子是越来越有了些感觉。

■ 《复肖云儒信》

十年抚琴,精神寂寞,贾平凹也不例外吧?

我的河要流,我将纳一切溪水。社会在允许和培养着我的写作,鸟投树上,树肯包容,鸟是知道的。

■ 《复肖云儒信》

海纳百川,有容乃大。平凹于写作上,正是如此。

贾平凹妙语

> 贾平凹的魅力就在于不断突破樊篱，突破自我，这就是创造吧。

艺术以征服而存在，而存在靠创造。艺术家的全部尊严在于创造。我坚持中国作风，但作品内涵一定得趋世界之势而动。目前"远大"一语人人都说，但有人在写作时就全忘了：为一个民族而写作。

■《答朱文鑫十问》

> 这恰应了老子的话："名可名，非常名。"

那年去美国，见到一个诗人，旁边一个作家告诉我：这是在美国人人都知道的著名诗人，但人人都不知道他写了些什么诗。我当时笑了，心里想，我将来千万不要做这样的作家。

■《〈中国当代才子书·贾平凹卷〉序》

> 是吗？至少还有个贾平凹吧？

真正的才子恐怕是苏东坡，但苏东坡已经死在宋朝，再没有了。

■《〈中国当代才子书·贾平凹卷〉序》

×，你是不曾知道的，当我借居在这间屋子的时候，我是多么的荒芜。书在地上摆着，锅碗也在地上摆着。窗子临南，我不喜欢阳光进来，阳光总是要分割空间，那显示出的活的东西如小毛虫一样让人不自在。我愿意在一个窑洞里，或者最好是在地下室里喘气。墙上没有挂任何字画，白得生硬，一只蜘蛛在那里结网，结到一半蜘蛛就不见了。我原本希望网成一个好看的顶棚，而灰尘却又把网罩住，网线就很粗了，沉沉地要坠下来。现在，我仰躺在床上，只觉得这荒芜得好，我的四肢越长越长，到了末梢就分叉，是生出的根须，全身的毛和头发拔节似的疯长，长成荒草。

■《红狐》

> 写人的困居，却是这样丰富的文字，叹服！

宽哥也是寂寞的人——其实谁都寂寞，狼虎寂寞，猪也寂寞。——因为精神寂寞，他学了五年琴。他把琴送于我，我却不懂得琴谱，他明明知道我不懂得琴谱，他竟要送琴的。

琴就安置在我唯一的桌子上，琴成了荒园里最豪华的物件，我觉得一下子富有。那个捡来的啤酒木箱盖做成的茶几，如果上边放着烂碟破碗，就是贫穷的表现，而放着的是数百元的茶具，这便成一种风格,现在又有了古琴,静坐在茶几边的我静得如一块石头,斜睨了那古琴,一切都高雅了。

三日过去,五日过去,《聊斋》的书已不再读,茶是越来越讲究了档次,含品中记起一位才女叫眉的曾与我论过茶,说民间流行一种以对茶之态度如对性的态度的算卦辞,而世上最能品茶的是山中的和尚,和尚对性已经戒了,但那一种欲转化了对茶的体味。我那一日还笑她胡诌,而这日记起,很觉有趣。可我虽有五台山买来的木鱼,却怎么能把自己敲出个和尚来呢?仄了头瞧桌上的琴默默一笑,这一笑就凝固了一段历史,因为那一瞬间我发觉琴在桌上是一个平平坦坦地睡着的美人。

山里的人夏日送礼,送一个竹皮编的有曲线的圆筒,太热的人夜里可以搂着睡眠取凉,称作是凉美人的。这琴在那里体态悠闲,像个美人,我终于明白宽哥的意思了。×,那时我真有一份冲动,竟敢放肆,轻轻地走近去,分明感觉到她已经睡着了,鼾声幽微,态势美妙,但我又不敢了惊动,想她要醒过来,或者起身而站,一定是十分的苗条的。那琴头处下垂的一绺棉絮,真是她的头发,不自觉地竟伸手去梳理,编出一条长长的辫子,这么好身材的,应该是有一条长辫的。

这一个夜里,夜很凉,梦里全是琴的影子,半醒半寐之际,倏忽听得有妙音,如风过竹,如

神来的笔赋予了琴神奇的灵性,反过来又使琴的文字里弥漫了一种更神奇的韵味。

云飞渡，似诉似说。我蓦地翻床坐起，竟不知身在何处？没月光的夜消失了房子的墙，以为坐在了临水的沙岸，或者就完全在水里。好长的时间清醒过来，拉开灯绳，四堵墙显出白的空间，琴还在桌上躺着。但我立即认定妙音是来自琴的，这瞒不过我的，是琴在自鸣了！

　　×啊，有琴自鸣，这你听说过吗？三年前咱们去植竹，你说过的，竹的魂是地之灵声，植下竹就是植下了音乐，那么，这琴竟能自鸣，又该是怎样一个有灵的魂呢？

　　从此每日进屋，就要先坐于琴旁。人在屋外，想有琴在家，坐于琴身了，似守亲爱的人安睡，默默地等待着醒来，由是又捧了《聊斋》来读，终信了这是一份天意。有闲书上讲，女人是一架琴，就看男人怎么调拨，好的男人弹出的是美乐，孬的男人弹出的是噪音。这样的琴，不知道造于哪块灵土上的灵木，制于何年何月的韶光月下，谁曾经拥有过它，又辗转了多少春秋和人序，可它，终于等待到了来我的屋中，要为我蓄满清音，为我解消寂寞，要与我共同创造人间的一段传奇！这样的尤物今生今世既然与我有缘，我该给它起个好名儿来的。

■《红狐》

> 禅思禅文，只可意会，不可言传。

有人生了烦恼，去远方求佛，走呀走呀的，已经水尽粮绝将要死了，还寻不到佛。烦恼愈发浓重，又浮躁起来，就坐在一棵枯树下开始骂佛。这一骂，他成了佛。

三百年后，即一九九二年冬季，平凹徒步过一个山脚，看见了这棵树，枯身有洞，秃枝坚硬，树下有一块黑石，苔斑如钱。平凹很累，卧于石上歇息，顿觉心旷神怡。从此秘而不宣，时常来卧。

再后，平凹坐于椅，坐于墩，坐于厕，坐于椎，皆能身静思安。

■《坐佛》

> 贾平凹做人如在稿纸背面写字，看似没有规矩，实则是很守规矩的。

我若把字写进格子里，总觉得受到限制，思路就不畅通。最早在西北大学读书的时候，我因为是穷学生，写作时常常为没有稿纸而发愁；若按格子写，一整页也写不了几百字，用背面写可以在一页纸上写得更多些，后来这样就成习惯了，一用背面写就来灵感。但是，我很少在没有格子的白纸背面上写，那样也唤不来灵感。我这个人看起来好像干什么似乎都很简朴，不讲究，实际上是在一定范围内刻意的讲究。比如吃食，不爱吃席宴的高档饭菜,我喜欢面食;可就拿面条来说,擀得多厚,切得多宽多长却十分注意,也是十分挑剔的,我是个好伺候又难伺候的人。用稿纸就是这样。

◾《与穆涛七日谈》

我写庄之蝶的性行为,出于两个需要:一,庄之蝶虽是个作家,仍是一个闲人,他在想有为而无法去为的精神压力下,他只有躲到女人那里寄托感情,企图在那里放松、解脱,以此获得精神新生;他无路可走,不可能再去干别的,这由他的地位、环境、性情所定,结果,他想以性来解救自己,未能救了。他意识到了自己的丑恶,而再次在丑恶中还要寻找美好的东西,一步一步深陷不拔,最后毁了自己,同时毁了他的女人。二,全书写日常生活,什么都写了,如吃、喝、玩、住、行,而性又是人的相当重要的生活,要避开,或一笔带过,不但失比例,亦不真实。如果写成意淫,效果我想比现在这样更严重呢。再说,意淫可以,性行为就有问题了?

◾《与穆涛七日谈》

平凹谈他为什么写性,有利于正读《废都》。

> 读了这段话，就理解了平凹在《废都》里为什么那样去写性。

我在小说中不可能不注意到国情世情，但有的小说，因题材决定，不接触到性又不能传达清楚我要表达的意思。我还是大着胆去有限地写了。写到性，性实在是为了人物，为了立意所把握的一个区域，一个尺度。遗憾的是，我虽然小心翼翼，仍是踩了地雷，这个区域布满了地雷，寻其中通过的路太难了。从此岸到彼岸，必须要经过雷区的话，我只有冒险了。

■《与穆涛七日谈》

> 不以写作为苦，所以平凹自得其乐。

许多人常可怜我写作苦，其实一个常写作的人并不为写作所苦，我好像有写作病，不写倒觉得苦。我的病曾经很严重，每一次住院，最多静静躺十天八天，稍有力气，就要坐在床上写些短文，那确实是一种放松，一种休息，一种享受，越有烦事缠身，写文章越能心静。

■《与穆涛七日谈》

不要嫌老婆脸黑，黑是黑，是本色，将来生子，还能卖好价钱的面粉。那日到×校开会，去了那么多作家，主持人要我站起来让学生们看看，我站起来躬腰点头，掌声雷动，主持人又说：同学们这么欢迎你，你站起来么！我说我是站起来的呀！主持人说：噢，你个子低。掌声更是雷动。我不嫌我个头矮，人不是白菜，大了好卖。做人不要心存自己是女人或是男人，也不必心存自己丑或自己美，一存心就坏了事。以貌取人者是奴才，与小奴才什么计较？

■《十一篇书信》

> 信笔拈来，话里有道。

我要闭门写作呀，有事三十天后见。若有人寻到你打问我的行踪，只说我自杀了。记住，是安乐死，不是上吊，上吊吐舌头形象不佳。

■《十一篇书信》

> 同样是说话，一幽默就有了与众不同的味道。

获奖是好事，也不一定是好事，不获奖是坏事，也不一定是坏事。写作为的是心中垒块发泄，不是要摸彩票。天生人生物，也生文章，男女构

> 人太功利了，容易作茧自缚。这一段文字，似可警醒世人。

精是人欲不能自禁，阴阳鼓荡所致，不期然而然生子，而一交接只为了要传宗接代，却十有九者不孕，若为获奖去写作，写作必成了苦事，硬着头皮去写，哪里还能获奖？写作如地生草芽，该什么时候长叶就长叶，该怎么开花就开花，如流水，行所不得不行，止所不得不止，一任自在。待心中垒块发泄，是好文章，必然就有了责任，也必然可能获奖，是坏文章，想要什么责任和获奖那也枉然。那么，获奖有什么可追求的？获不上奖又有甚沮丧的？加上如今设奖的人都有功利性，他以自己的功利心来要求作品，获了奖就一定能流传后世吗？那就更不必失意的了。

◼ 《答人问奖》

吃烟是只吃不屙，属艺术的食品和艺术的行为，应该为少数人享用，如皇宫寝室中的黄色被褥、警察的电棒、失眠者的安定片。现在吃烟的人却太多，所以得禁止。

禁止哮喘病患者吃烟，哮喘本来痰多，吃烟咳咳嘎嘎的，坏烟的名节。禁止女人吃烟，烟性为火，女性为水，水火生来不相容的。禁止医生吃烟，烟是火之因，医是病之因，同都是因，犯忌讳。禁止兔唇人吃烟，他们噙不住香烟。禁止

长胡须的人吃烟，烟囱上从来不长草的。

留下了吃烟的少部分人，他们就与菩萨同在，因为菩萨像前的香炉里终日香烟袅袅，菩萨也是吃烟的。与黄鼠狼子同舞，黄鼠狼子在洞里，烟一熏就出来了。与龟同默，龟吃烟吃得盖壳都焦黄焦黄。还可以与驴同嚎，瞧呀，驴这老烟鬼将多么大的烟袋锅儿别在腰里！

我是吃烟的，属相上为龙，云要从龙，才吃烟吞吐烟雾要做云的。我吃烟的原则是吃时不把烟分散给他人，宁肯给他人钱，钱宜散不宜聚，烟是自焚身亡的忠义之士，却不能让与的。而且我坚信一方水土养一方人，是中国人就吃中国烟，是本地人就吃本地烟，如我数年里只吃"猴王"。

杭州的一个寺里有副门联，是："是命也是运也，缓缓而行；为名乎为利乎，坐坐再去。"忙忙人生，坐下来干啥，坐下来吃烟。

■《吃烟》

妙文也！说吃烟，不落俗套，悖于常理，却能说出道来，让人会心一笑，不能不拍手叫绝！

我戒酒后，嗜茶，多置茶具，先是用一大口粗碗，碗沿割嘴，又换成宜兴小壶，隔夜茶味不馊，且壶嘴小巧，嚐吮有爱情感。用过三月，缺点是透壶不能瞧见颜色，揭盖儿也只看着是白水一般，使那些款爷们来家了，并不知道我现在饮

> 独具慧眼与慧心，看茶杯便能觉悟其精神。作家才思，于此乃见。

的是龙井珍品！便再换一玻璃杯，法兰西的，样子简约大方，泡了碧螺春，看薄雾绿痕，叶子发展，活活如枝头再生。便写条幅挂在墙上：无事乱翻书，有茶清待客。人便传我家有好茶，一传二，二传三，三传无数，每日来家饮茶人多，我纵然有几个稿酬，哪里又能这么贡献？藏在冰箱中的上等茶日日减少了。还有甚者，我写作时，烟是一根一根抽，茶要一杯一杯饮的，烟可以不影响思绪在烟包去摸，茶杯却得放下笔去加水，许多好句就因此被断了。于是想改换大点茶杯，去街上数家瓷店，杯子都是小，甚至越来越到沙果般小。店主说，现在富贵闲人多，饮茶讲究品的。我无富贵，更无有闲，写作时吸烟如吸氧，饮茶也如钻井要注水一样，是身体与精神都需要的事，品能品出文章来？

■《茶杯》

> 井小，却系连着大千世界。

这井打成了，这是属于我家的。天旱，那水不涸，天涝，那水不溢。狂风刮不走它，大雪埋不住它。冬天里，在井中吊着桶子而不冻坏；夏天里，吊着肉块而不腐烂。我知道地下有一个很大很大的海，我虽然只能得到这一井之水，但却从此得到了永恒之源。有泉吃泉水，没泉吃井水，

井水更比泉水好。泉水太露了，容易污染；井水暗隐，永远甘甜。我庆幸在我家的院子打了这口井，但我知道这井还浅，还小，水还不大，还要慢慢地淘呢。

◨《自在篇》

前年冬日，我看到这只卧虎时，喜爱极了。视有生以来所见的唯一艺术妙品，久久揣赏，感叹不已。想生我育我的商州地面，山川水土，拙厚，古朴，旷远，其味与卧虎同也。我知道，一个人的文风和性格统一了，才能写得得心应手；一个地方的文风和风尚统一了，才能写得入情入味；从而悟出要作我文，万不可类那种声色俱厉之道，亦不可沦那种轻靡浮艳之华。"卧虎"，重精神，重情感，重整体，重气韵，具体而单一，抽象而丰富，正是我求之而苦不能的啊！

◨《"卧虎"说》

平凹文学的魂魄就是这样积累的。正是得了"卧虎"的启迪，平凹才有了伏低伏小的精神。

这天夜里，我给家中的妻写了信，信中对于骆驼的破碎事自我责骂了一通，写道："你也不要再怨我，其实世上的事本来就没有十全十美的，

文坛佳话，引人思想。

愈是不十全十美才愈有了诗意吧；越是珍贵的东西，越是容易破碎，越是容易破碎的东西，也越是珍贵的吧。我留给孙犁的是一匹破损的瓷的骆驼的遗憾，孙犁留给我的是人品文品的永久启示的满足啊！"

◾《一匹骆驼》

在我的书架上写有四个字：穷极物理。因为我无所知，所以我无所不欲知。一到夜里，躺在床上就习惯于琢磨，琢磨世上的事，琢磨别人，也琢磨我自己。自己亲近自己太易，自己琢磨自己太难。我说不清我是个什么样的人物：得意时最轻狂，悲观时最消沉，往往无缘无故地就忧郁起来了；见人遇事自惭形秽的多，背过身后想入非非的亦多；自我感觉偶尔实在良好，视天下悠悠万事唯我为大，偶尔一塌糊涂，自卑自弃，两天羞愧不想走出门去。甚至梦里曾去犯罪：偷盗过，杀人过，流氓过，但犯罪皆又不彻底，伴随而来的是忏悔，自恨；这种自我的心理折磨竟要一直影响到第二天的情绪。

我说，我是一个好人，也是一个坏人，是坏好人。

现在农历二月二的惊雷快要响了。一声惊蛰之后，我就是三十一了。讲经的人说：人死后是

自由，坦然自陈，乃见其文人情怀。

可以上天国的。如果确实有那么一个天国，人的一生是从诞生的时辰就开始这种长涉的吧？去天国的路应该是太阳的光线，那就是极陡极峭的了。一年一岁，便是一个台阶啊！

一位伟人又说了：作为一个作家，将来去了天国，上帝是会请吃糖果的。天国里有什么好景，自不可知，但糖果是诱人的。十三年前的那阵，这诱惑便袭上我的心灵。于是从那时起，对于我来说，人生的台阶就是文学的台阶，文学的台阶也就是人生的台阶了。

■《我的台阶和台阶上的我》

一条破被子，一件小褥子，一条床单，一块塑料皮，伴随了我三年大学生活。冬天的夜里很冷，就借同学们的大衣覆盖，一到下雪天，大衣借不到，夜夜只好蜷着。我至今笑着对一些朋友说：现在个儿不高，全是那时睡觉伸不直所致。夏天，一宿舍六人，五人有蚊帐，我没有；蚊子全集中到我身上，可幸那时比现在胖，有的是喂蚊子的血；只是那时还支援越南，要求学生献血，我被抽去300CC，补养费二十元，我舍不得去吃喝，全买了书。身子从此垮下来，以致到今日面如黑漆，形如饿鬼。

■《我的台阶和台阶上的我》

人穷志高远！

> 知耻而后勇！

稿子向全国四面八方投寄，四面八方的退稿又涌回六平方米。我开始有些心冷，恨过自己命运，也恨过编辑，担心将来一事无成，反误了如今青春年华，夜里常常一个人伴着孤灯呆坐，但竟有这样的事发生：熬眼到了一点，困极了，只要说声睡，立即就睡着了；如果再坚持熬一会儿，熬逛了眼，反倒没瞌睡了。于是想：创作也是如此吗？就发奋起来，将所有的退稿信都贴在墙上，抬头低眼让我看到我自己的耻辱。退稿信真多，几乎一半竟是铅印退稿条，有的编辑同志工作太忙了，铅印条子上连我的名字也未填。

◼ 《我的台阶和台阶上的我》

> 借题发挥，借病说事，既幽默又耐人寻味。

我盼望我的病能很快好起来，可惜几年间吃过了几篓中药、西药，全然无济于事。我笑我自己一生的命运就是写作挣钱，挣了钱就生病吃药，现在真正成了什么都没有就是有病，什么都有就是没钱。我平日是不吃荤的，总是喜食素菜，如今数年里吃药草，倒怀疑有一日要变成牛和羊。说不定前世就是牛羊所变的吧。

◼ 《人病》

上帝啊，我这个由女娲用黄土捏成的人身子，不管怎样的按时洗澡，永远是搓不完的泥垢。三十六年的岁月，耗尽了燃升于头顶的近一半的光焰，我却是这样的困惑。完全的黑暗使我目不能视，完全的光明也使我目不能视。想得的得不到我是多可悲的角色，得到了想得到的我仍是可悲的角色。为什么让我贪图肉体的快感而来完成最繁累的生育劳作，为什么口腔的紧张不息的一呼一吸而人平时从未感觉？辛辛苦苦去种麦子，收获的是比麦粒多得多的麦草，一时在了解清楚了身子某一部位这一部位肯定是病了。雕虫者认作技，太诚者却为奸。我有负人忏悔，人有负我的报复。大智若愚，大言不美。人生给我的是这么多残缺，生活的艺术如此遗憾，这一切难道是教育我人不尽是一个洋葱头一样有无数层壳的复杂，也同时是满有皱纹的硬壳的核桃要砸开方能见到那如成熟大脑一样的果仁？要我接受着这一切孤独和折磨而来检验我的承受能力以至于在这种严酷的承受中让我获得人生的另一番快愉？！

■《独白》

自白里是人生的体验和叹息。

贾平凹妙语

异想天开，所以贾平凹是天才！

　　我发现了我的影子，我再不得安宁了：影子，一个黑黑的阴影，一片儿不离地在我的身下；我站起来，它是一桩；我蹲下去，它是一堆；我走，它徘徊；我舞，它抖瑟。我突然十分惊慌起来了：那是我吗？那是我吗？多么可怜的怯怯的灵魂？！

　　噢，有了太阳，我难道就有了阴影，就有了假啊！

◘《梦》

奇思妙想，即成文章。

　　这正是我思我想的冬天！我真想就睡在这树下，像树枝儿一样僵硬，让大地就在身下，让霜泛在身上，月光照着，一起蛰去，眠过这整整的一个冬天，直到来春的"惊蛰"的那声响雷。

◘《冬花》

亲情
QIN QING

人是活一种亲情的，为了亲情去赚钱走上这条路，这条路却断送了亲情，但多少人还是要上路，这如同我们明明知道终有一天要死，却每日仍要活得有滋有味。

我母亲对我讲，她怀我的时候，先是梦见一条巨蛇缠腰，再是梦见遍地的核桃，她拣了又拣，拣了一怀。如果说迷信的话，我的命里有核桃运的一部分，核桃是砸着才能吃的，所以，我需要方方面面的敲打才能成器。

■《在休闲山庄说话》

自比核桃，正是形象的自喻。

人是活一种亲情的，为了亲情去赚钱走上这条路，这条路却断送了亲情，但多少人还是要上路，这如同我们明明知道终有一天要死，却每日仍要活得有滋有味。

■《西路上》

这就是活吧！有个念头，才有了奔头。

母亲一生都在乡下，没有文化，不善说会道，飞机只望见过天上的影子。她并不清楚我在远远的城里干什么，唯一晓得的是我能写字，她说我写字的时候眼睛在不停地眨，就操心我的苦，"世上的字能写完?!"一次一次地阻止我。前些年，母亲每次到城里小住，总是为我和孩子缝制过冬

贾平凹妙语

> 母亲的不平凡，恰就在这最平凡处！

的衣物，棉花垫得极厚，总害怕我冷着，结果使我和孩子都穿得像狗熊一样笨拙。她过不惯城里的生活，嫌吃油太多，来人太多，客厅的灯不灭，东西一旧就扔，说："日子没乡下整端。"最不能忍受我们打骂孩子，孩子不哭，她却哭，和我闹一场后就生气回乡下去。母亲每一次都高高兴兴来，每一次都生了气回去。回去了，我并未思念过她，甚至一年一年的夜里不曾梦着过她。母亲对我的好是我不觉得了母亲对我的好，当我得意的时候我忘记了母亲的存在，当我有委屈了就想给母亲诉说，当着她的面哭一回鼻子。

■《我不是个好儿子》

> 寻常事，平凹总能写出不寻常的道理。

盛夏人皮是破竹篓，出汗淋漓如漏。老母坐不住家，一日数次下楼去寻老太太们闲聊，倒不嫌热。我也以写书避暑（坐桌前以唾液沾双乳上，便有凉风通体。此秘诀你可试试，不要与玩麻将者说）。写书宜写闲情书。能闲聊是真知己，闲情书易成美文。但母亲没喝水习惯，怕她上火，劝多喝水，她说口里不要，肚里也不要。我和妹妹都是能喝水的，来家的那些朋友，也无一不能喝。今早忽然醒悟，蹲机关的人上了班都是一支烟，一杯水，一张报的，母亲则是从来没有工作过！

来时不必带土产，有便车捎些西瓜给母亲即可。切切。

■《十一篇书信》

儿女小时可以打，如拍打衣服上土，稍大了就是皮球，越打越蹦得高。我大学毕了业，先父还踢我一脚，待到后来一日，他吸烟，也递我一支，我才知道我从此不挨打了。但有人说父子如兄弟，如同志，那倒又过分，因为儿女的秉性是永远不崇拜父母的。我女儿看三流电视剧也伤心落泪，读我的书却总认为是她看着我写的，不是真的。让她去吧，龙种或许生跳蚤，丑猪或许养麒麟，只需叮咛"吃喝嫖赌不能抽（大烟），坑蒙拐骗不能偷（东西）"就罢了。窑炉只管烧瓷罐，瓷罐到社会上去，你能管得着去做油罐还是尿罐？老江说组织一次南山游的，又不见了动静，如果南山去不成，三月十五日午时去豪门菜馆吃海鲜，我做东。

■《十一篇书信》

小语，大道理。

妙语

亲情惬意，跃然纸上，像诗像画，是现代童话。

一天夜里，风雨很大，哗哗哗，打得门外的那棵棕树整夜整夜地响，我在炕上睡不着，坐起来构思一篇文章，终也思绪不收。她却没有醒，伸着胳膊，让孩子枕了，那整个身子就微微蜷着，孩子就正好在她的怀抱了。吠儿，吠儿，睡得安闲，似乎那风声雨声，在棕树叶上变成了悦耳的旋律，那睫毛扑落下来，是一副完全浸融的神态。突然，孩子动起来，只那么哭出一声，她猛地睁开了眼，立即就醒了，伸手将孩子抱起来。我奇怪了，在她那身体的什么地方，有一根孩子的神经吗？孩子醒来了，半夜里是常常不再去睡的，她就搂着哄，说好多好多的话："乖乖，不要哭，听妈妈话啊！""瞧爸爸，爸爸又在想文章了，你问他，又在编什么离奇的故事了？"我笑她"对牛弹琴"，她说："你听你听，孩子完全是听得懂的。"我终没有听出什么来，浅儿只是傻乎乎地"啊儿""啊儿"地叫着。

慢慢地，我嫉妒起我的小浅儿了。这孩子没有出生前，我是她的魂儿，一下班回来，她就让我陪着她说话，给我撒娇，一颗糖儿也要我吃一半她才肯吃的。现在的重点，彻底是转移了，孩子成了她的心儿，肝儿。可以说，我之所以对孩子好，是为了讨得她的喜欢，而她待我好，也只是我好待了这孩子。我从京城托人买给她了高级毛线，是让她打些时髦的上衣和头巾的，她却全

给孩子打了衣、裤、帽、袜。孩子穿不过来，她一有空就翻出来看看，像我翻素材札记一样入味儿。

她开始有了个坏毛病，黎明时分，就睡不着了，独独爬起来，一眼一眼瞧着睡着的孩子看，看着就悄悄地笑，然后对我说：孩子的眉毛是她的，但比她的淡，淡的好；孩子的鼻子是我的，但比我的直，直的好。她总是孩子，孩子的；孩子成了她生活的主弦，只要碰它一下，立即就全七音齐发了哩。这个时候，我常常就在心中叫道：那我呢？那我呢？真不知道我在她的心上，还有多少位置呢？

■《母亲》

小女来时刚会翻身，如今行走如飞，咿呀学语，行动可爱，成了村人一大玩物，常在人掌上旋转，吃过百家饭菜。妻也最好人缘，一应大小应酬，人人称赞，以至村里红白喜事，必邀她去，成了人面前走动的人物。而我，是世上最呆的人，喜欢静静地坐地，静静地思想，静静地作文。村人知我脾性，有了新鲜事，跑来对我叙说，说毕了，就退出让我写，写出了，嚷着要我念。我念得忘我，村人听得忘归；看着村人忘归，我一时

陶醉的文字，正是平凹陶醉的日子。

忘乎所以，邀听者到月下树影，盘腿而坐，取清茶淡酒，饮而醉之。一醉半天不醒，村人已沉睡入梦，风止月冥，露珠闪闪，一片蛐蛐鸣叫。我称我们村是静虚村。

◼ 《静虚村记》

七月十七日，是你十八生日，辞旧迎新，咱们家又有一个大人了。贾家在乡里是大户，父辈那代兄弟四人，传到咱们这代，兄弟十个，姊妹七个；我是男儿老八，你是女儿最小。分家后，众兄众姐都英英武武有用于社会，只是可怜了咱俩。我那时体单力孱，面又丑陋，十三岁看去老气犹如二十，村人笑为痴傻，你又三岁不能言语，哇哇只会啼哭，父母年纪尚老，恨无人接力，常怨咱这一门人丁不达。从那时起，我就羞于在人前走动，背着你在角落玩耍；有话无人可说，言于你你又不能回答，就喜欢起书来。书中的人对我最好，每每读到欢心处，我就在地上翻着筋斗，你就乐得直叫；读到伤心处，我便哭了，你见我哭了，也便趴在我身上哭。但是，更多的是在沙地上，我筑好一个沙城让你玩，自个躺在一边读书，结果总是让你尿湿在裤子上，你又是哭，我不知如何哄你，就给你念书听，你竟不哭了，我

亲情溢于言表，真情跃然纸上。示小妹书，亦是示天下青年书。

感激得抱住你，说："我小妹也是爱书人啊！"东村的二旦家，其父是老先生，家有好多藏书，我背着你去借，人家不肯，说要帮着推磨子。我便将你放在磨盘顶上，教你拨着磨眼，我就抱着磨棍推起磨盘转，一个上午，给人家磨了三升包谷，借了三本书，我乐得去亲你，把你的脸蛋都咬出了一个红牙印儿。你还记得那本《红楼梦》吗？那是你到了四岁，刚刚学会说话，咱们到县城姨家去，我发现柜里有一本书，就蹲在那里看起来，虽然并不全懂，但觉得很有味道。天快黑了，书只看了五分之一，要回去，我就偷偷将书藏在怀里。三天后，姨家人来找，说我是贼，我不服，两厢骂起来，被娘打过一个耳光，我哭了，你也哭了，娘也抱住咱们哭，你那时说："哥哥，我长大了，一定给你买书！"小妹，你那一句话，给了兄多大安慰，如今我一坐在书房，看着满架书籍，我就记想那时的可怜了。

■《读书示小妹十八生日书》

爱情
AI QING

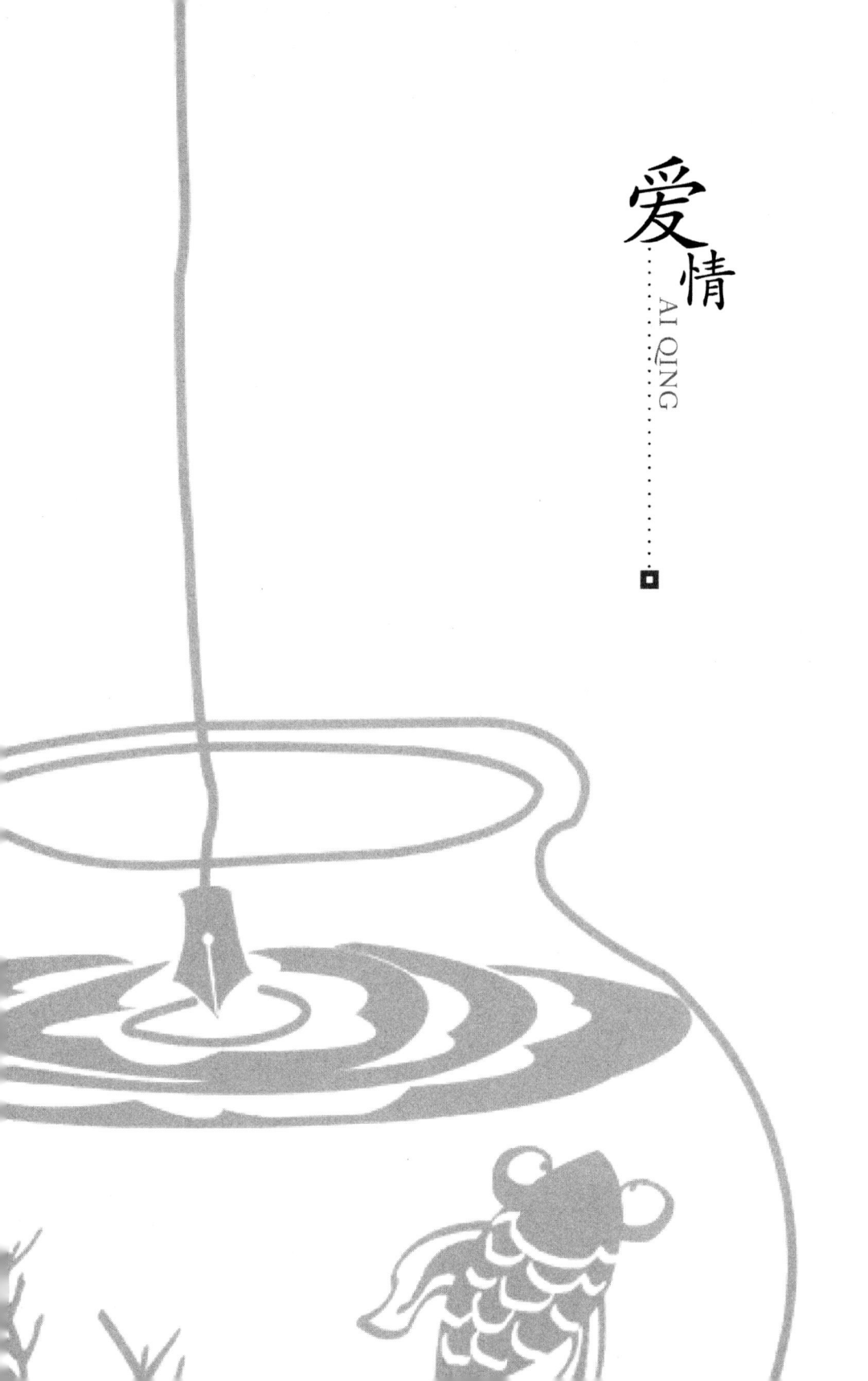

拯救苦难唯一的是爱情,不管它的结局如何。在漫长的有生之途,我们是一头老牛了,反刍的总是甜蜜。

当你爱上一个人的时候，其实你已经成了俘虏，欢乐如烛芯跳跃，蜡泪流尽，夜归复了更深沉的黑暗。

梦里是不能思想的，一思想梦就醒的，这如人在算计着什么的时候，上帝肯定在发笑。

◼《自钓》

这样说爱，别出心裁。

拯救苦难唯一的是爱情，不管它的结局如何。在漫长的有生之途，我们是一头老牛了，反刍的总是甜蜜。

◼《我是农民》

直指爱情的本真！

初恋常常是失败的，而时过境迁，把人性中的弱点转化成了一种审美，这就是初恋对于人到中年者的意义。

◼《我是农民》

精辟而别致的见解。

柿子里的爱！

半路上有一棵柿树，叶子已经落了，但遗下来的几颗柿子红得像小灯笼一样还在树顶，我爬上树好不容易摘下来，没有吃，放在背篓里要带给她，但在她的宿舍里取给她时，柿子却被一路摇晃破了。

◼ 《我是农民》

爱的艺术，爱的幽默。

她来了，我就对她说："你瞧瞧我这眼里有个什么？"她俯过身来看，以为我眼里落了什么东西，说："没啥吗。"我说："你再看看有没有个人？"她看到的肯定是她自己，一个小小的人。她脸红了一下，给我眼里猛吹一口气，说："我把你叫叔哩！"

◼ 《我是农民》

气味相投的又一个版本。

我也相信，人是气味相投的，而婚姻关系的产生，更是有特殊的气味。磁铁对于钉子有吸引力，对于木块却毫无感觉。

◼ 《我是农民》

月亮在天上明亮着一轮，看得清其中的一抹黑影，真疑心是荒野地的投影，而地上三尺之外便一片迷蒙。夜是保密的，于是产生迟到的爱情。躲过那远远的如炮楼一般的守护庄稼的庵架，一只饥渴的手握住了一只饥渴的手，一瞬间十指被胶合，同时感受到了热，却冷得簌簌而抖。

■《荒野地》

柔软的文字，柔软了读者的心。

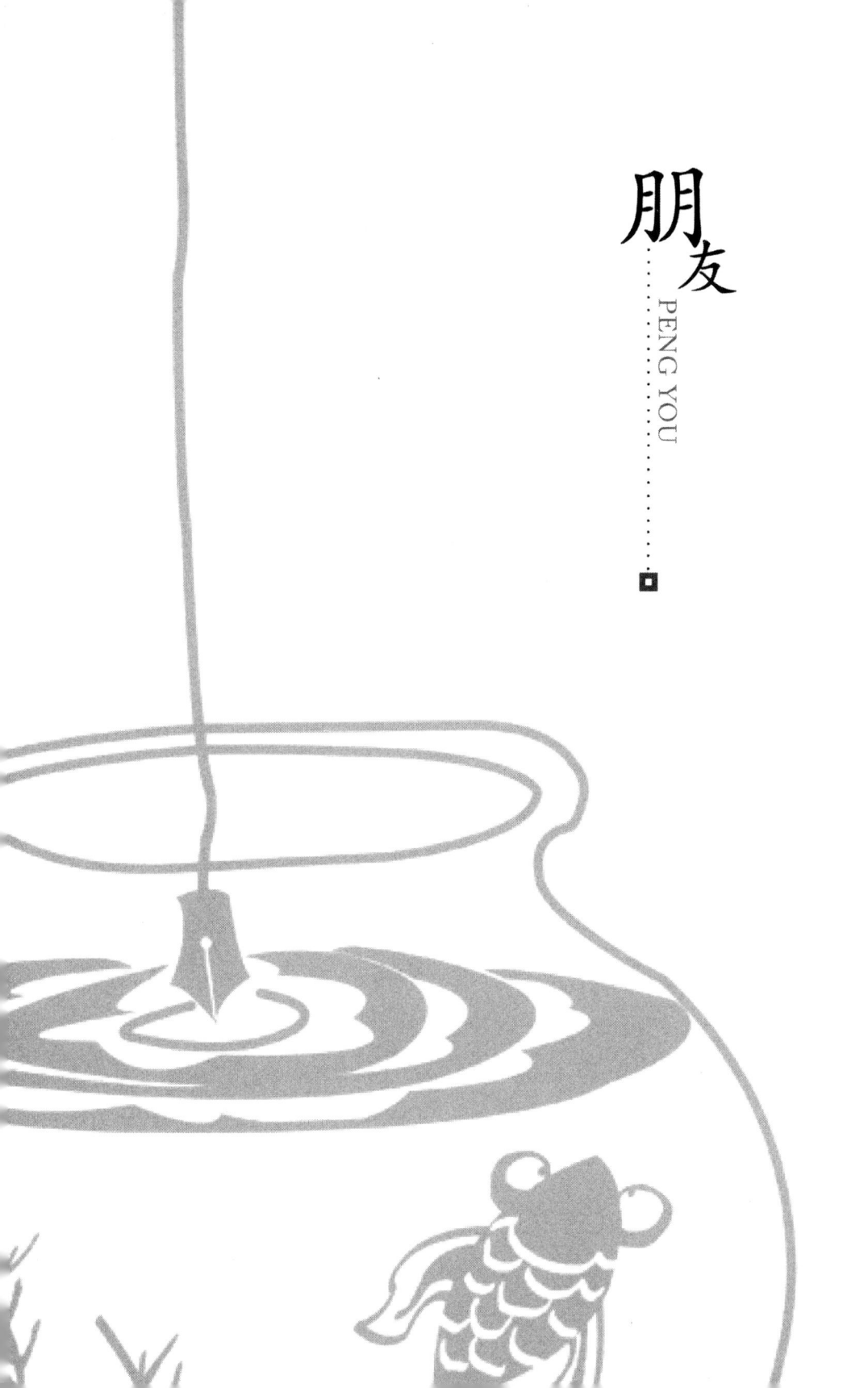

朋友

PENG YOU

做朋友也很容易，能说到一块，说得愉快，谁也不企图对方什么，谁也希望能给对方帮点什么。

朋友是磁石吸来的铁片儿、钉子、螺丝帽和小别针，只要愿意，从俗世上的任何尘土里都能吸来。现在，街上的小青年有江湖义气，喜欢把朋友的关系叫"铁哥们"，第一次听到这么说，以为是铁焊了那种牢不可破，但一想，磁石吸的就是关于铁的东西呀。这些东西，有的用力甩甩就掉了，有的怎么也甩不掉，可你没了磁性它们就全没有喽！昨天夜里，端了盆热水在凉台上洗脚，天上一个月亮，水盆里也有一个月亮，突然想到这就是朋友么。

■《朋友》

> 平凹是真悟了朋友，所以才聚集了越来越多的朋友。

鸣沙山，三毛真会为自己选地方。那里我是去过的，多么神奇的山，全然净沙堆成，千人万人旅游登临，白天里山是矮小了。夜里四面的风又将山吹高吹大，那沙的流动呈一层薄雾，美丽如佛的灵光，且五音齐鸣，仙乐动听。更是那山的脚下，有清澄幽静的月牙湖，没源头，也没水口，千万年来日不能晒干，风也吹不走，相传在那里出过天马。鸣沙山，月牙湖，连同莫高窟构成了艺术最奇艳的风光。三毛要把自己的一半永

> 真是三毛的知音呵！

远安住在那里，她懂得美的，她懂得佛。（点评者按：根据三毛生前的遗愿，三毛的朋友在敦煌鸣沙山三毛选定的地方掩埋了三毛的部分遗物。贾平凹为此写了《佛事》一文以纪念。）

◼ 《佛事》

> 这样看朋友，不但新鲜，而且值得借鉴。

做朋友是非常不易，因为对于磁铁，钉子和螺帽才有吸引，而木头和棉絮是不产生作用的。做朋友也很容易，能说到一块，说得愉快，谁也不企图对方什么，谁也希望能给对方帮点什么。

◼ 《朋友曹振慨》

> 这样写人，以点带面，却带出了人的魂魄。大家手笔，就在这里说话。

我们喝茶是茶，老僧喝茶是禅，李白醉了诗百篇，我们一醉就睡了。他之所以让人服他，他拍出的东西有诗性，瞬间里能抓住魂。我翻看过他的双目，怀疑是不是双瞳，结果无异样，只是一个眼睛大一个眼睛小，但我还是不让他多给我拍照，害怕把我的魂摄走，害怕我在他相机前是个裸者，是一具骨架。

◼ 《我说柏雨果》

这个世界已混沌不清，抨击丑恶发泄怨愤是一种战斗，而宣扬纯净也仍是战斗。人生的残缺使我们悲痛和激愤，而在残缺人生中享受纯真美好，更是我们的一种生活的艺术和人生的艺术。

■《〈杨莹诗集〉序》

闻所未闻：宣扬纯净也是战斗！

文学是迷人的，但文学适宜于恋爱而不宜于结婚。

■《〈杨清秀作品集〉序》

这正是文学的独魅所在。

文学当然是一种事业，但首先是一种天性，不以此炫耀，不以此另有所谋，如书法一样既是艺术又是一种健身活动，它的成功常常是在刻心铭骨的热爱和废寝忘食的劳作后不期然而然的。

■《〈杨清秀作品集〉序》

文学是一种健身活动，说得多好。

妙手妙语

速写人，简约，不用形容词，却勾画得人物如此生动，这就叫大手笔。

　　五十二岁的王炎林，率真如童，好说话，多见解，臧否人物，画坛称为狂人。他是从骨子里狂的，狂得可爱，受他抨击的人也爱他。每次画家集会，或某一展览座谈，第一个发言，大家都推拥他。他不在，人就问：炎林呢，炎林怎么说的？

　　炎林面色红润，有妇人相。从未见穿过中山服，也没有西装，他不爱太正经。留一大把胡子，任何人却直呼其名，没有叫老王的。

　　他搬动过数次家，搬到哪儿，家里总是来人。年轻的画家常以他家为沙龙，通宵达旦地聊。他家的猫也知道了毕加索，一次冒雨从垃圾堆叼回一本书，封面上是那幅《亚威农的少女》。

■《王炎林》

　　他从框子里又取出四幅画来，一一摊在床上。一幅梅，一幅兰，一幅菊，一幅竹。都是马海舟风格，笔法高古，简洁之极。如此厚意，令我和谭宗林大受感动，要哪一幅，哪一幅都好。谭宗林说：贾先生职称高，贾先生先挑。我说：茶是谭先生带来的，谭先生先挑。我看中菊与竹，而梅与家人姓名有关（点评者按：贾平凹夫人姓名

里有一个"梅"字），又怕拿不到手，但我不说。

"抓纸阄儿吧，"马海舟说，"天意让拿什么就拿什么。"

他裁纸，写春夏秋冬四字，各揉成团儿，我抓一个，谭抓一个，我再抓一个，谭再抓一个。展开，我是梅与菊。梅与菊归我了，我就大加显摆，说我的梅如何身孕春色，我的菊又如何淡在秋风。正热闹着，门被敲响，我们立即将画叠起藏在怀中。（点评者按：马海舟、谭宗林，画家，都是贾平凹的朋友。）

■《天马》

文人雅事，平凹常做。平凹性情，于此乃见。

女人
NV REN

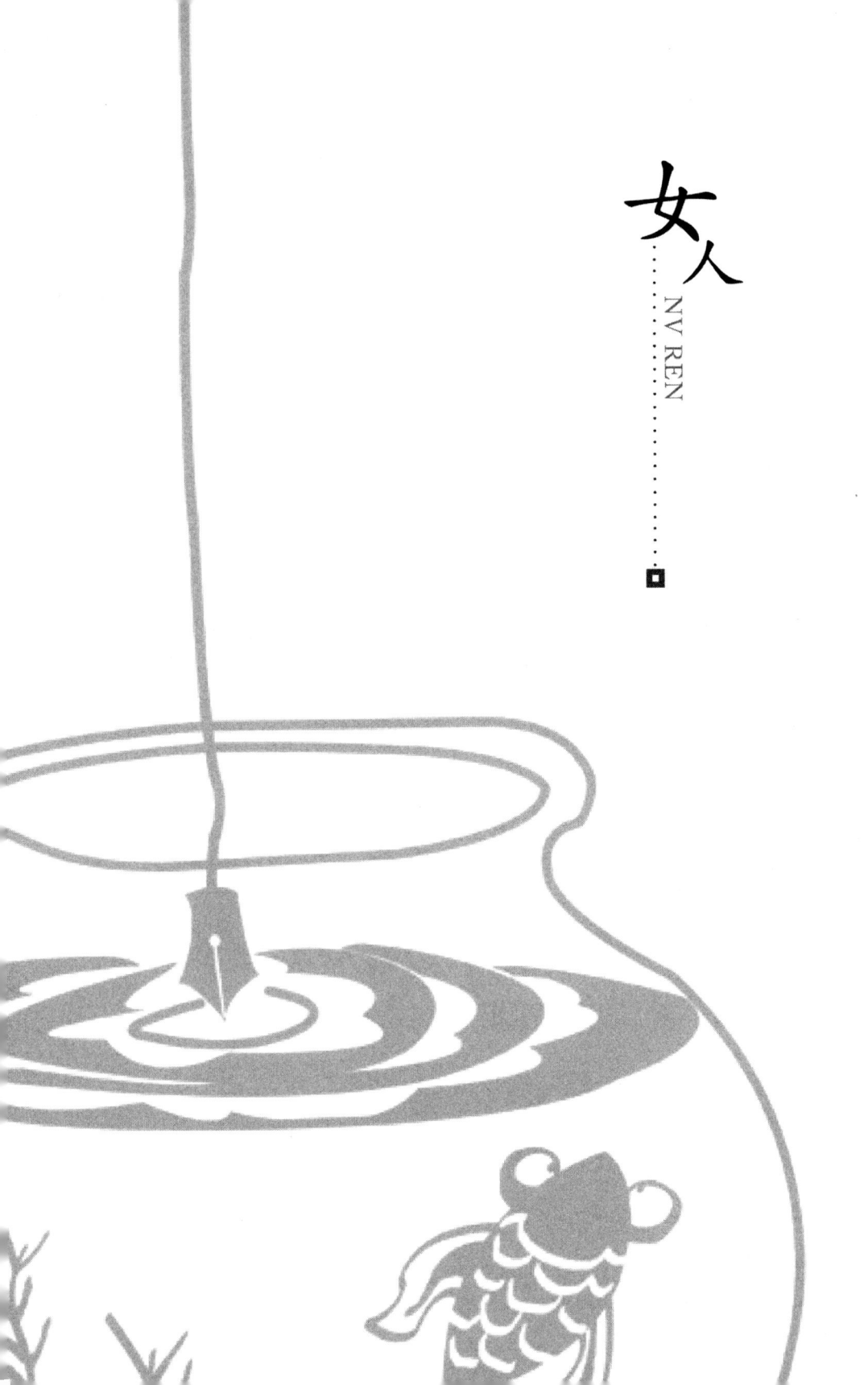

男人们的观念里,女人到世上来就是贡献美的,这观念女人常常不说,女人却是这么做的。

我以往的好处是，对女人产生着莫大的敬畏，遇见美丽的女人要么赶快走开要么赞美几句，而且坚信赞美女人可以使丑陋的男人崇高起来。

■ 《西路上》

这恰是平凹的魅力所在呵！

　　在她不能应约而来的时候，我就画马，因为她属马，又特别爱马，那长发、满胸、蜂腰、肥臀以及修长挺拔的双腿，若趴下去绝对是马的人化。

■ 《西路上》

怪不得平凹笔下的马那么性感呵！

　　这个时候，我一边附和着微笑，一边相思起来，相思是我在长途汽车里一份独自嚼不完的干粮。庆仁附过身小声问我：你笑什么？我说我笑小路说的段子。庆仁说，不对，你是微笑着的，你一定是在想另外的好事了。我搓了搓脸——手是人的命运图，脸是人的心理图——我说真后悔这次没有带一个女的来。小路就说，那就好了，去时是六个人，等回来就该带一两个孩子了！庆

小说家言，道真趣味。

仁说什么孩子呀，狼多了不吃娃，那女的是最安全的了。（点评者按：庆仁，即邢庆仁，著名画家，与贾平凹西行同伴）

◼ 《西路上》

平凹眼里的女人呵！

女人站起来是一棵树，女人趴下去是一匹马，女人坐下来是一尊佛，女人远去了，变成了我的一颗心。

◼ 《西路上》

妙笔在不经意间浮现了。

她养的仅是一条细狗，瘦小如猫，模样类狐。她在指挥丑丑做各种高难动作，说丑丑前世是一个女人，善解人意的小美人，"你瞧，它眼睛多漂亮，眼圈的黑线现在有哪个女人能画得这么好呢？"

◼ 《为郁小萍作序》

和女人在一起,最好不提说她的孩子——一个家庭组合十年,爱情就老了,剩下的只是日子,日子里只是孩子,把鸡毛当令箭,不该激动的事激动,别人不夸自家夸——她会全不顾你的厌烦和疲劳,没句号地要说下去。人的心是一辈一辈往下疼的,如摆砖溜儿,一块砖撞倒一块砖,不停地撞下去。我曾经问过许多人,你知道你娘的名字吗?回答是必然的。知道你奶奶的名字吗?一半人点头。知道你老奶奶的名字吗?几乎无人肯定。我就想,真可怜,人过四代,就不清楚根在何处,世上多少夫妇为"续香火"费了天大周折,实际上是毫无意义!全然地拒绝生育,当然是对人类的不负责任,但除过那些一定要生儿生女,一定要生儿不生女的人外,现代社会里的夫妇要孩子是一种精神的需要,有个乐趣,如饲猫饲狗,或许为了维系家庭。一个女人曾对我说,夫妻是衣服的两片襟,没有孩子就没有纽扣啊。

有了孩子,谁都希望孩子小时候乖,长大了有出息。结婚生育,原来是极自然的事,瓜熟蒂落,草大结籽,现在把生儿育女看得不得了了,照仪器呀,吃保胎药呀,听音乐看画报胎教呀,提前去住医院,羊水未破就呼天喊地,结果十个有八个难产,八个有七个产后无奶。十三年前我在乡下,隔壁的女人有三个孩子,又有了第四个,是从田地里回来坐在灶前烧火,觉得要生了,孩

> 可怜天下父母心。费尽心机,自己安慰自己而已。

子生在灶前麦草里。待到婴儿啼哭，四邻的老太太赶去，孩子已收拾了在炕上，饭也煮熟，那女人说："这有啥？生娃像大便一样的嘛！"孩子生多了，生一个是养，生两个三个也是养，不见得痴与呆，脑子里进了水。反倒难产的，做了剖腹产的孩子，性情古怪暴戾，人是胎生的，人出世就要走"人门"，不走"人门"，上帝是不管后果的。

◼《说孩子》

打扮唯美。美是生命存在的过程，如林语堂说，鹤足的挺拔之美是逃离危险的结果，熊掌的雄壮之美是捕获食物的结果。性也产生美，性说到底还是生命延续的需要，所以花为了蜂蝶争艳，雄狮为了雌狮长发。人和禽兽的不同，是雄的长得不好看而雌的长得好看，女人比男人好看了，还要在女人之间显出自己更好看，这就有了打扮。

打扮是以藏和露为技巧的，藏除了真的藏短处，藏重要的还是为了露。在脸上涂各种化妆物是要更表现脸，设计服装讲究线条也是更要展示身材。中国人善于收拾厨房，不大理会厕所，有灶神没有茅房神，这种习惯思维用到身体打扮上，也是打扮（露）进口部位，不打扮（藏）出口部

位。如果说羞耻，身体的一头一尾是不能同时盖着或露着，露了头就盖尾，要露尾，用毛巾把头盖了，尾露着也无所谓。

如一张画布，几种颜料，画就一幅幅画下来，人就是头发，脸，衣裤和鞋袜，翻来覆去在那里经营着，学着动物，也学着植物，把金木水火土全作了材料。人的打扮是为了鲜活人的眼睛，它不取悦于别类，这如同我们在乎于鸡的肥瘦而不是鸡的丑俊，世上如果只有男人或只有女人，世上是不会有厕所的。但打扮毕竟是皮面上的操作，人格和素质如白纸灯笼里的灯泡，灯泡是红色的，灯笼就是红灯笼，灯泡是黄色的，灯笼就是黄灯笼。于是有人艳，有人妖艳，有人清雅，有人清而不雅，警察穿了警服才是警察，老中医先生不背药箱也认得是老中医先生，妓女就给人脏的感觉，闲汉留下的印象是赖。

■《说打扮》

字字珠玑，耐人寻味。

人若是一块石头，生了苔藓，一年四季变换颜色，那怎么变就怎么变去。可人的秉性是得寸而进尺，有了一条好裤带就想配好裤子，有了好裤子得有好上衣，那么帽子呀鞋呀欲望越来越多，思维也变了。打扮一旦成了社会时尚，风气靡丽，

妙语

由打扮而引申开去，这就叫以小见大。

必然少了清正之气。过去有一句名言：最容易打扮的是历史和小姑娘。现在呢？没有学问的打扮得更像有学问，不是艺术家的打扮得更像艺术家，戏比生活逼真，谎言比真理流行。

当一切都在打扮，全没有了真面目示人的时候，最美丽的打扮是不打扮。

■《说打扮》

以前很少见过金子，总觉得那是世上最宝贵的东西，不怕火，能发光。现在是看到了，能做些生意的人，身上差不多都有地方戴金。沉不沉，我不知道，但在太阳下没有灿烂，似乎还易生垢，这使我大失敬畏。曾经认识一位少妇，少妇原本是女人最漂亮期，而她胖了，身材五短，胳膊就不贴体，开步走便划动空气。这样的女人是福相，果然很有钱，十个指头上戴有六枚金戒，而且是好笨重的那一种，腕子上还有手镯，还有项链、耳环。人有了钱就在吃上穿上讲究，她吃得好这能看出来，穿得却并不好看，可能是时装店的衣服都穿不成。有好身材的往往没钱，有钱的又往往没好身材，这少妇就拿金子作打扮。遗憾的是她没这么着戴金的时候谁也不注意她，因为关注他人的丑是不道德，也没必要，她这么着戴金，

众人就审视了："嚄,丑人多作怪!"没有谁去研究金的成色,倒发现了丑,而且丑还在作怪!害得我们一帮男人也不敢与她同行,怕牵涉出我们的丑样。

我就想啦,人为什么要把金子往身上戴?河北满城出土过一件金缕衣,那是裹尸体的呀;尤二姐吞过金子,那是要自尽的呀;有一样可以戴的,是手铐,手铐为金属制品,也含一个金字,可那是罪犯戴的嘛。字典上有"金口难开"成语,金口是什么样儿,没见过,恐怕金口真的开合不了。补金牙的我小时候倒见过,那是"文革"期间,一次武斗杀了许多人,横七竖八地摆在河滩,一伙人就去撬每一个死者的嘴,看有没有补牙的金,结果发现了一位,都去抢啊,脑袋便被石头砸开。字典里还有"金屋藏娇"一词,想那金屋住着一定难受如牢狱,是娇也藏得发霉。金子并不能给人带来好处,历史上有过端着金碗讨饭的故事。我见过的那位少妇,除了众人发现其丑外,热爱她的是那些强盗,后来她真的遭了抢,强盗夺金戒金镯没有成功,拿快刀剁了胳膊跑了。唉,连那些像金子的,如金丝猴,金丝鸟,也不是死在猎手的枪下就是死于动物园的铁笼里。

土有清浊二气,清气凝聚生于竹,所以竹可以做笛做箫,生金占浊气,金只能做钱币,虽然钱离不得,但常常是钱泯灭了许多善良、正直和道义。金除了易生垢的毛病外,它如有病人吃猪

> 此文妙在把女子与金联系起来,诙谐揶揄中给人以劝诫。

头肉能引发病情严重一样,可以扩张人的贪婪,而往往它一旦作为人的装饰品,就俗人的品格。我见过许多暴发了的人家,买了很现代式样的写字台,偏要用金叶包了桌沿儿,那穿衣镜上用金粉新画了龙凤,高档的沙发床上,硬是做一个帐架,帐帘儿是金丝绣花,帐钩儿是金做的凤头,让人立即想到了过去的土地主。土地主之所以是土地主,是他有钱而钱并不巨多,真正巨富的人,从未在身上戴金挂银的显摆。什么事物都有个境界,即从必然王国未进入自由王国之前,是人没了主体性,就要有许多村相露出来。

在我们生活的周围,总有一些认识的或不认识的女性戴金,稍作观察了,就会发现,要么是先前穷过,老怕人嫌穷低看,要么是容貌丑些,要寻些悦己。这戴金原来同有狐臭的要涂浓烈香水,有蝴蝶斑的要抹增白蜜一样,是避短遮丑的行为呀,这一来却正好暴露了谁个有短谁个有丑!自个对自个没有了信心,岂不也类同了时下"穷到只剩下钱了"的说法?这里还有一个规律,女性在未婚前是少有戴金的,一是没能力去添置,二是美丽不需戴金,但少女自古到今都称"千金",千金的是她的青春。一旦结婚,如果说家是有人在等待而为家,那么结婚就是有人给花钱的含义,这就要戴金了,金是人家的,这又如同战马臀上的烙印,出厂货品上的商标。而女到中年戴金最多之期,恰是青春和美丽褪去之时。可见一些女性在比戴金的轻重，实际上在比衰老和丑陋。更严重的是，金戴在身上，产生在人的心理上是一种坏的信息，这如同一些职业：当官当久了就装腔作势，当警察当久了就生噌冷倔，小偷鬼祟，娼妇轻薄，太监若狗，谋士近妖，有金在身了，自以为人人会尊她敬她亲她近她，而得不到尊敬亲近，或者骂他人有眼无珠，或者咒他人是酸葡萄，将自己弄得不伦不类、神神经经起来。昨日有朋友来家，说起某某身上的金银，朋友很痛心，那么好个女人，怎么就戴金了？！于是我悄悄地对我的一位女友说：你记着，这话也不要对别人讲，城里有了金银首饰店，街上就流行丑女子；贾宝玉说女子是水做的，而五行论里讲水有金而寒，所以你要做好女就不戴金。

■《好女不戴金》

因养了一盆郁金香，会开到一半我就溜了，听说×颇有微词？我这屁股坐惯了书桌前的椅子，坐主席台上的椅子不自在。你几时来看花？美人不说话就是花，花一说话就是美人。

■《十一篇书信》

拈花微笑。

妙语

一个佤族的少女依附了平凹的文笔，跃然纸上，楚楚可人。神来之笔，极尽少女之美妙。读这样的文字，春风拂面，眼睛会湿润。

这天，我正在大观楼上读天下第一长联，忽闻一串笑声，尖锐清脆，音调异常，低头看时，窗外波光浩渺，画船往复，未见什么倩影。又读长联，旋即再有人语："唱一段吧！"随之"哎"的一声，如长空鹤鸣："五百里滇池奔来眼底……"唱的正是长联上句。忙又凭窗探望，水上众舟一齐停棹，人皆向左岸注目，果然那小小一片芳草地上，一女子在清歌。她背向楼台，亭亭站立，一双白嫩小巧的赤脚半埋在浅草中，穿一件红黄间杂的短裙。裙刚及膝弯，双腿合并如两根立锥，而脚脖与脚背处呈现出一种曲线，美不可言。她的腰极细极细，紧勒着一条彩带，似乎要勒断了去，那一大束红色白色的串珠就那么松松地系挂着，衬出上衣和短裙间的二指宽的腰际的肤肌。上衣是一件无袖小褂，作用完全在于隆起胸脯。头顶上扎一条白带，将蓬蓬勃勃的一片黑发披落在后背，沈先生曾说这是绞搓了黑夜而成的头发，比喻也只能如此了。待唱至联尾，红日在滇池欲坠，水鸟同彩云共飞，水上的画船全悠悠地在打转。正不知那女子还要唱出些什么，突然翩翩起舞，那动作如旋风扫过竹林，如急雨骤落到水面，乌发飘曳，将一团粉白小脸一闪即过，逮不住那眼光，也逮不住那白月牙间的一点红舌，欢动了一泓颜色，一窝线条。

■《佤族少女》

子时悄然来到，街上突然没有了大量的女孩子，路灯显得明亮，街面却失去了光彩。而几乎同时，那幽幽的公园里，那黝黝的棕榈树下，却走动了无数的影子，有了精力的她们却饥饿了一颗小小的心，便分手了各自到各自约定的地点与另一个会说别一种言语的人物相会，差不多很浓的夜色就被咔咔嚓嚓的细碎之声稀释了。有言说鬼是喜欢黑暗的，但女孩子的胆子比鬼更大，她们在这个时候不要太阳，甚至也嫉恨月亮。他们在黑暗里各自又闻到了对方的气味，听得着对方的脉搏，看得见对方的眼睛和跳动的心。时装可以裹身，螺蛳可以饱肚，恋情却可以供心饱餐，甚至那时装和螺蛳都是为着心的饱餐的必不可少的准备工作。

■《南宁夜市》

> 这样的情景是画不出来的，只有写。

男人们的观念里，女人到世上来就是贡献美的，这观念女人常常不说，女人却是这么做的。这个观念发展到极致，就是男人对于女人的美的享受出现异化，具体到一对夫妇，是男人尽力为女人服务，于是，一些蠢笨的男人就误认为现在是阴盛阳衰了。三十年代有个很有名的军人叫冯

妙语

平凹眼里的男人女人。

玉祥的，他在婚娶时问他的女人为什么嫁他，女人说：是上帝派我来管理你的。这话让许多人赞叹。但想一想，这话的背后又隐含了什么呢？说穿了，说得明白些，就是男人是征服世界而存在的，女人是征服男人而存在的，而征服男人的是女人的美，美是男人对女人的作用的限定而甘愿受征服的。懂得这层意思的，就是伟大的男人，若是武人就要演动"英雄难过美人关"的故事，若是文人就有"身死花架下，做鬼也风流"的诗句。而不懂这层意思，便有了流氓，有了挨枪子的强奸罪犯。

■《关于女人》

这样形容一个女子，真是别出心裁！

突然间爆起了一串咯咯声，空静的山谷里，是那样响，立即撞在对面山林里，余音在四下溢流。我惊愕间，竹林里闪出一个姑娘，一捻儿的腰身，那一双小巧的脚一踮，站在了我的面前。眉眼十分动人，动人得只有她来形容她了，我想，要不是《聊斋》中的那种狐女，便真要是这竹子精灵儿变的吧？

■《空谷箫人》

一家木楼的三层竹窗,呀地推开,便有一个俊俏俏的姑娘坐在里边,风抛着头发出来,如泼墨一般,自抱了一个满月琵琶,十指弄弦,五音齐鸣,飘飘然,悠悠然,律清韵长;眼见得半壁上一树樱花白英乱落,惊起半天绿尾水鸟,那姑娘眉眼,却终因琵琶半遮半掩,遗憾不能看清。

◨《紫阳城记》

风情写真,如画轴一般展开。

看见她,粗茶淡饭也香,喝口凉水也甜,常常饥着而来,呆会便走,不吃不喝也就饱了。她给他擀面,擀得白纸一张,切面,刀案齐响,下到锅里莲花转,捞到碗里一窝丝。

◨《在米脂》

汉语言活了。

足球
ZU QIU

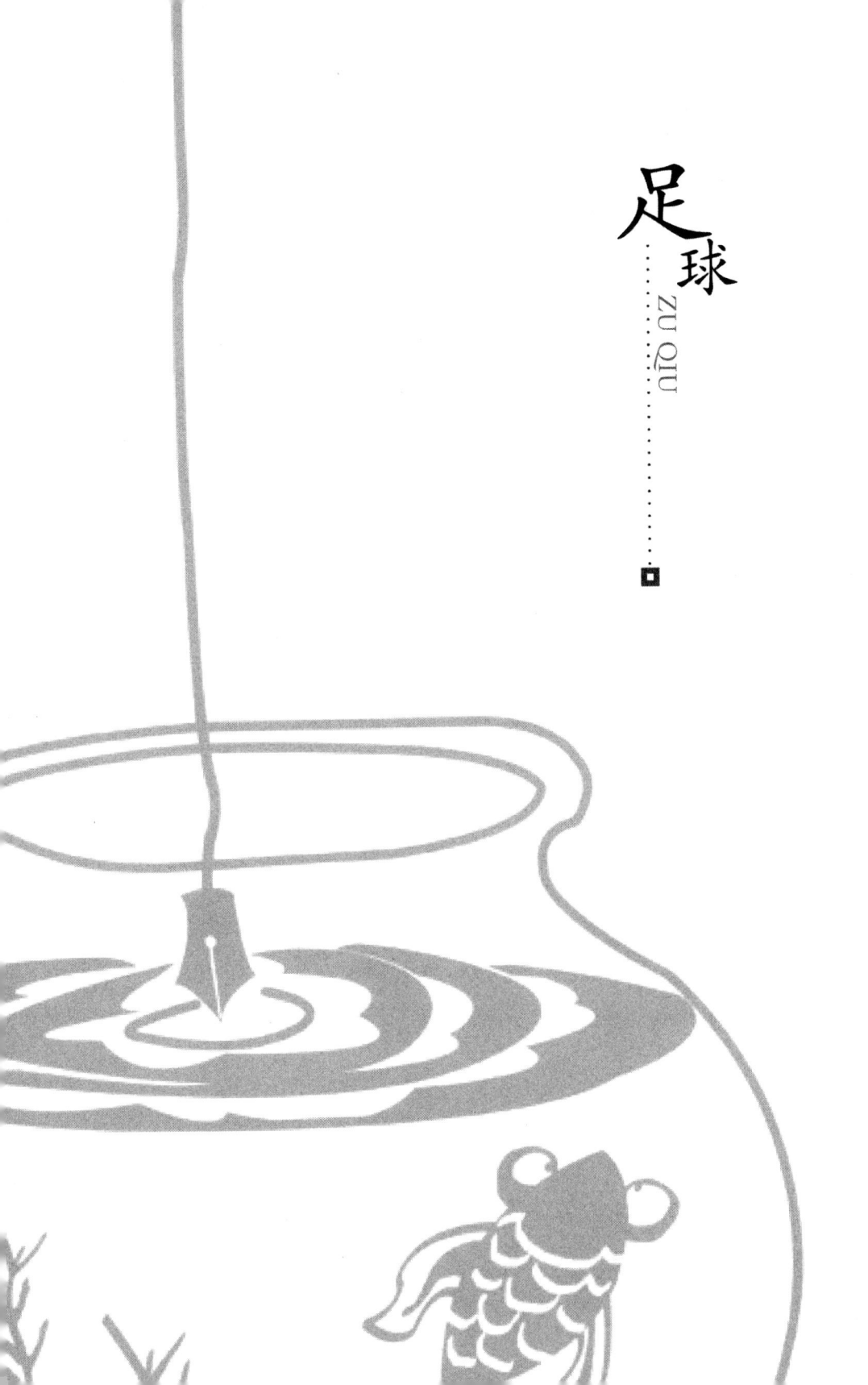

足球的伟大是足球集中了人的一切最激烈的玩性，踢者去尽情发挥，观者借他人之酵发自己蒸馍，也要放肆，两者相辅相成。

体育都是人玩耍意义上的一种竞争，自没必要把它上升到至高无上的位置。球迷们的可爱在于一个迷字，像酒鬼一样，可以糟蹋一桌饭菜，却不能泼洒一滴酒。过去的年代兴老实，谁出来都说："咱这老实样儿……"现在热足球很时尚，一个什么样的人都说他迷足球，而且说足球运动是英雄者的运动，其实就是要说明自己也是个英雄。如果迷足球像迷麻将一样遭人轻贱，迷足球的人就不会这么多了。足球的伟大是足球集中了人的一切最激烈的玩性，踢者去尽情发挥，观者借他人之酵发自己蒸馍，也要放肆，两者相辅相成。上帝要检查人的顽皮和疯狂，上帝创造了足球，当上帝看到了人的顽皮和疯狂，上帝要制止战争和萎靡的办法，也就是让人去踢足球。从这个意义上讲，踢足球的和迷足球的都是最听上帝话的人，把发泄的东西发泄到特定的地方去，剩下的都是平和，可以安然地再过整齐的日子。

■《说球迷》

平凹的与众不同是既看了热闹，又看出了门道。

妙语

迷了，就是病了。

你说迷球是一种病，你说的一点儿不错，何尝是迷球，对什么事痴迷了都是病，比如搓麻将和读书，比如爱情。

■《答〈各界寻报〉记者关于在西安看足球的提问》

一针见血。

三场球俱遭失败，我听见我们许多人，包括球员，都在说：我们是来学习的。这话没错，但我反感有人将"学习"二字作为失败的掩饰和自我解脱。这样的话我似乎听得多了，中国队以往失败一次说一次，我真不知道什么时候才是学习好了的时候，难道永远不总结不提高到老了还是个小学生？社会上一些干部总是犯错误总是检查，检查了又犯错误，这种丑陋的秉性我多么希望不要再发生在我们的球队身上。

■《观看二〇〇二年世界杯足球赛》

越是有了巨大的荣誉，越是有着巨大的危险；越是接近辉煌，越是争斗惨烈，这也是所谓的"高处不胜寒"。往往在不胜寒的高处，实力的作用呈示出来，球星的作用呈示出来。当都在幼小

的时候，鸡比鹰可能飞得高，但长到一定程度，鹰就之所以为鹰了。英格兰对丹麦的胜利，说白了，就是贝克汉姆和欧文的胜利。大将军在街头饭馆打群架的时候，他或许被打趴在地，当大将军在一场战争中，他却可以让千军万马的敌方灰飞烟灭。

■《观看二〇〇二年世界杯足球赛》

足球里的哲学。

一条裙子，对于贵夫人无所谓，贫苦的农妇就可以穿上出门了，上帝偏就把裙子给了贵夫人。

■《观看二〇〇二年世界杯足球赛》

上帝也势利呀。

强队与强队的强是差不多一样的，只有弱队各有各的弱。轻量级拳击最为好看，重量级拳击并无过多的观赏性。这场球赛亦是如此。开场以后长时期的沉闷可能让许多人要昏昏如睡，他们的谨慎却使我想起了一句古语：圣贤庸行，大人小心。越是弱队，越是莽撞，为的要出其不意。初学象棋的人喜欢当头架炮，高手才来回相士，以卒探取消息。老虎的态度是慵懒的，常常卧在那里不挪动，但老虎绝没有睡着，一旦猎物出现，

足球里有人生。

89

它便迅雷不及掩耳地扑过去。欧文就是这样，罗纳尔多就是这样。他们似乎不是在比谁更好，而是比谁有失误。

◼ 《观看二〇〇二年世界杯足球赛》

我见多了有关政治经济文化艺术评奖中的龌龊，很难再听谁说"神圣"了。我羡慕着体育界，以为它们的竞争是最公正的，但这一回场场不漏地观看世界杯，才明白人类有人类的病，那是无法根除的。

人类的通病，无所不在。

◼ 《观看二〇〇二年世界杯足球赛》

尘世上原本就是是非非，欢乐和苦恼就在是非中，既然活人，这一切都是享受。

这就叫豁达。

◼ 《观看二〇〇二年世界杯足球赛》

我被三个镜头震动了，呆坐在沙发上流下热泪。一个镜头是巴西的三名队员趴在草地上长久地祷告，一个镜头是巴西的门将跪在了网门内口里念念有词，而另一个镜头则是红着鼻子的卡恩像受伤的兽一样窝在那里暗自沮丧。多么有宗教感的人！面对着这样一群勇猛而才艺超凡的人，又如此敬畏天地，敬畏生命，今日的球场上，赢了的输了的他们都不是失败者，都是英雄，值得我们向他们致敬！

■《观看二〇〇二年世界杯足球赛》

英雄本色！

在文坛上常有这样的事，真正的大作出来了，会写文章的人看了从此觉得自己不会写文章了，不会写文章的人看了从此却觉得他也能写文章了。

■《观看二〇〇二年世界杯足球赛》

世情确乎如此。

贼一天不偷东西手痒啊，看球的看不到黑马郁闷呀，听说有个爱告状的，这一天起来脸色又不好看，人问：咋了，情绪这么坏的？回答说：告状呀！又问：今日又告谁呀？又回答：还没想出来哩！看客就有些像这种人。

■《观看二〇〇二年世界杯足球赛》

习惯成自然了。

人性的本色。

再看镜头上数次照出的马拉多纳吧,他挥动双臂,大声呐喊,那嘴大得能塞进个拳头。多性情的一个人!常见那些小有名气的艺人总害怕被人看见,总要戴墨镜,总会在广众前注意抬脚动手,就感到他们的矫情。伟大的人物才是性情的,性情的人才真实而大气。

■《观看二○○二年世界杯足球赛》

足球有道,告诉我们如何自我把握。

当今世界足坛,好的球队普遍都是技术精到,都少失误,而这仅仅是基本功。这如绘画的造型和笔墨是画家基本功一样,有了基本功才能谈作品的立意格调和境界。如果基本功还不行的时候,看到了别人的新观念,就也讲究起立意格调境界之类,那往往画虎成犬,迷惑不解,便出现如我们的球队那样,一会儿选洋帅一会儿用土帅,一会儿这打法一会儿那打法,以致贩羊时牛价涨了,贩牛时羊又贵了。

■《观看二○○二年世界杯足球赛》

克罗地亚的主教练在场外是那样的滑稽，希丁克却严峻威严，你觉得他浑身的气饱满得要往外冒。球场上有许多伟人，多看看这些伟人，这如同游名山、读奇书一样可以养眼养心。

　　■《观看二〇〇二年世界杯足球赛》

道在足球外了。

　　肤色对于人并不重要，不就是离太阳近的黑，离冰山近的白嘛。可生存的环境不一样，文化和性情就不一样了，这全在足球场上暴露出来。黄种人有整体观念没有个人意识，黑种人个人意识强烈整体观念淡薄，而白种人既有整体又有个人，当然他们总是胜利。他们的胜利是上帝的胜利。

　　■《观看二〇〇二年世界杯足球赛》

以一球而观人种，这是平凹的发明。

　　上帝有了一个法则也同样有另一个法则，那就是让我们每一个人知道何时生不知道何时死，那就在死前的头一天也都活得满怀信心，所以任何人都认为自己的母亲是世上最好的女人，都认为自己最重要，都相信"尧舜皆可为，将相本无种"。这样好啊，这样的生命才呈现意义，生活才觉得美好。

　　■《观看二〇〇二年世界杯足球赛》

人生哲学。

足球在脚下，尊严在脸上，妙哇。

　　脸是人与人区别的标志，也是个体生命的广告。古时候脸上有了烙印，宣告你就是囚徒，戏台上抹一个大红油脸，证明我是个忠臣。没有人不看重自己的脸！（只有抢劫者不要脸，以黑丝袜头套蒙面。）而现在，足球场边好多好多的脸上又画了国旗，国旗是脸，脸是国旗。把国旗画在脸上的风景是任何场合都看不到的，只有在世界杯这样的盛典中，这些迎风不能招展的国旗让我们看到了人类的繁荣和欢乐，也看到了各个国家各个民族的存在和尊严。

　　　　　　　　　　◼《观看二〇〇二年世界杯足球赛》

比喻得太妙了！

　　当婴儿哭的时候，大人会给婴儿嘴里塞一个奶嘴；上帝创造了足球后，人类就减少了许多恶气。如果足球是个鬼，它是替死鬼。

　　　　　　　　　　◼《观看二〇〇二年世界杯足球赛》

　　梅兰芳唱戏满剧场欢呼，农村里过红白喜事请个草台班子来也热闹得很呀。足球离不开民族情结，但足球所带来的快乐却不仅仅属于政治和民族情结，水再流还是流进海里，月落了月仍然在天上。

　　　　　　　　　　◼《观看二〇〇二年世界杯足球赛》

一切事实都在告诉着这样的经验：牙齿一颗颗脱落了，舌头依然软和，火焰因烤炙能避，水则因平和而易被淹没，历史上哪个王朝坐上龙廷的是第一个揭竿而起的豪杰呢？意大利队是阴柔派，他以柔克刚，以守为攻，伏低隐忍，他山门上的广告如果有句话，就是：坚硬如水。

■《观看二〇〇二年世界杯足球赛》

真是说到骨头里去了。

阿根廷人踢进一球赢了，墨西哥踢进两球倒输了，那一球是帮人家踢的，踢进了自己的门。

■《观看二〇〇二年世界杯足球赛》

足球真是妙呵，输赢里有实力，也有运气。

似乎从未听到过巴西队的豪言壮语吧，也从未见过巴西队剑拔弩张严阵以待的庄严劲吧，他们是什么就是什么，不嚣张自夸，也不矫情说我不行。他们是车中的奔驰和宝马，从来不装饰，只擦拭干净。

■《观看二〇〇二年世界杯足球赛》

不言自威武，实力使然。

山水
SHAN SHUI

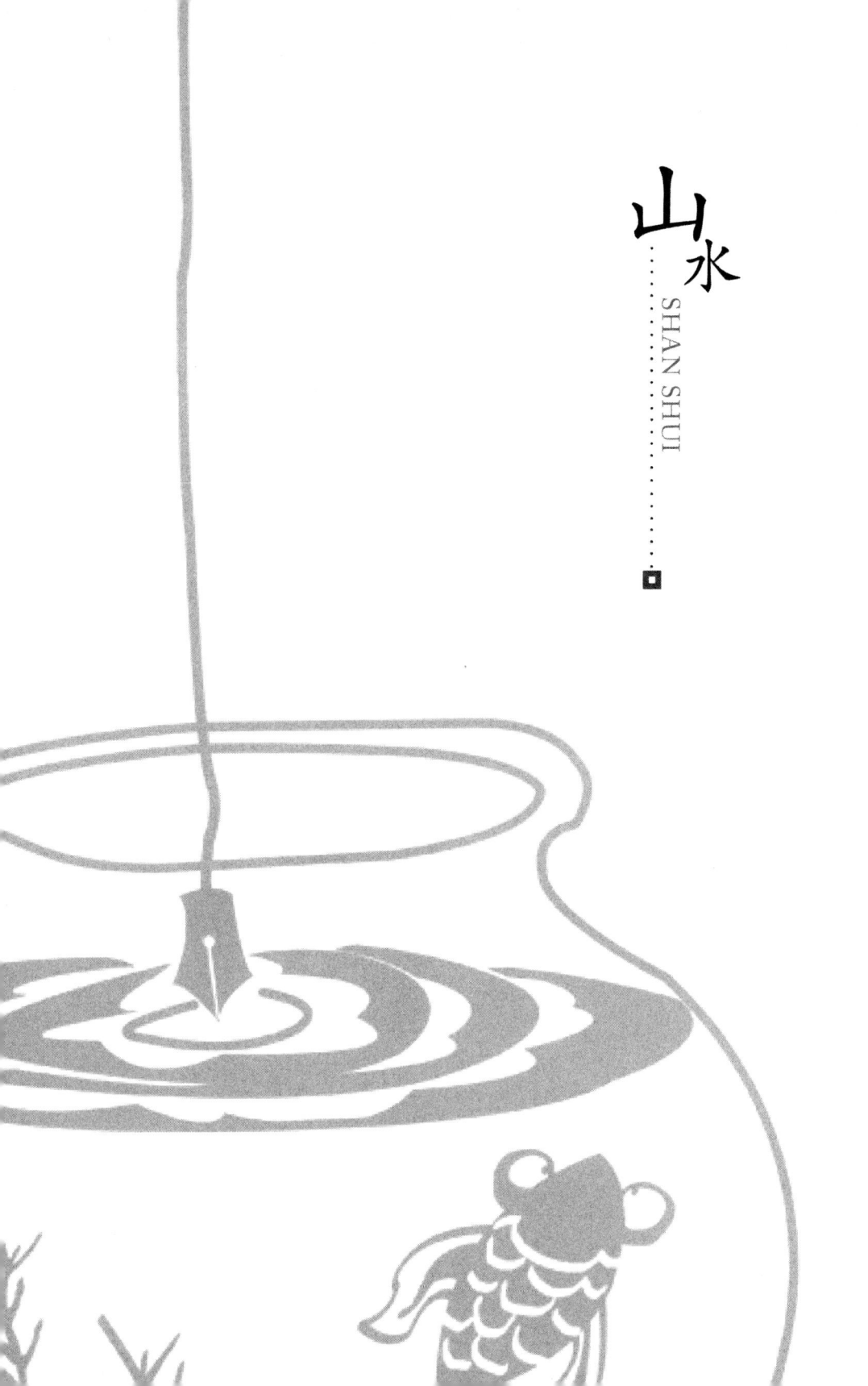

天地自然之中，一定是有无穷的神秘，山的存在，就是给人类的一个窥视吗？

小石穴里，都是有泉水往海里流的，流出的泉和海的颜色不同，水质也不同，鱼顺着泉水往上游，只消在那儿放一个竹篓，鱼就进去了。泉水在海水中的光亮，如佛在尘世的召唤，海里那么多的鱼，能不能完满自己的生命，将坟墓修建在人的肚腹，就看它的造化了。

■《抚仙湖的鱼》

> 鱼的归宿，竟是人的肚腹！

我是陕南人，第一次到陕北黄河边，看到高原上的山如和尚头一个连着一个起伏绵延不尽，看到黄河岸壁几百米高无一块沙石，看见黄河从沟壑中漫出古铜汁般流水，我写下了厚云积岸，大河走泥的诗句，直惊叹地球上还有这么深的黄土。

■《中国百石欣赏·黄土高原》

> 平凹笔下的黄土高原。

继续前进，道越来越窄，水越来越深，湖苇倾斜得不能摇橹，江苇扑撒在船头，便看清了水中游鱼，而头顶上水鸟乱飞，一时有了奇思，这

> 确是诗情画意的文字。

鸟入水为鱼,鱼出水为鸟,是相互转换的吗?得意自己不是诗人却有了诗情。

◼《沙家浜记》

新鲜的比喻,形象而逼真!

李白说黄河之水天上来,那不是夸张,是李白在河的下游,看到了河源在天地相接处翻涌的景象。我看到的西路是竖起来的。你永远觉得太阳就在车的前窗上坐着,是红的刺猬,火的凤凰,车被路拉着走,而天地原是混沌一体的,就那么嘶嘶嚓嚓地裂开,裂开出了一条路。

◼《西路上》

文美如画。

板上有霜,但毕竟是桥,是桥就得从此岸去彼岸。如果在桥上看头顶之上的高天有浮云若鹰若鹤,看冰清的月亮走一步随一步永伴不离,听桥下流水鸣溅,听鸟叫风前,视霜为粉为盐为光洁乳白的地毯,再欣赏欣赏远处的树影斜荷桥面款款而动的图案,你一时不知水在下走还是桥在上移,是桥面在晃还是树影在浮,一摇一摆,摇摇摆摆,你不禁该笑一句:"嘻,真个做仙!"

◼《〈人迹〉序》

岚皋县有座笔架山，山离县城远，路又难走，很少有人去过。笔架山上有一个庙，没庙名的，在山顶南坡的崖窝下，周围树罩严了，上了山的人也不易能寻得到。一九九四年初夏我到那里，为的是山的名字好，没想到山上的月亮出来笸篮大的，红了一片梢林，软和软和地像要流汤水，赶紧拍摄，照片洗出来，月亮却小得可怜，是个白点，至今不明白什么原因。早晨云就堆在庙门口，用脚踢不开，你一走开，它也顺着流走，往远处看，崇山峻岭全没了，云雾平静，只剩些岛屿，知道了描写山可以用海字。崖窝的左边和右边各有一簇石林，发青色，缀满了白的苔，如梅之绽，手脚并用地爬到石林高端，石头上有许多窝儿蓄着水，才用树叶折个斗儿舀着喝干，水又蓄满，知道了水是有根的却不知道石头上怎么能有水根？庙前有一棵老树，树上生五种叶子，有松，柏，栲，皂，枸，死过三次，三次又活过来，知道了人有几重性格，树也有多种灵魂。挖了几株七叶一枝花，采到一枚灵芝，有碟子般大，听着了涧溪中的鲵叫，还遇到了一只朱鹮，长喙白羽，飞着似一片树叶飘，东一下西一下的，担心要掉下来，才一喊，如箭一样斜着射出去了。

■《游笔架山》

> 这样写山，山有起伏，文字也有起伏，耐读。

> 看山看水总有着与众不同的眼光,此平凹之所以是平凹也。

陕南的地方,常常有这样的事:一条河流,总是曲曲折折地在峡谷里奔流,一会儿宽了,一会儿窄了,从这个山嘴折过,从那个岩下绕走,河是在寻着她的出路,河也只有这么流着才是她的出路。于是,就到了大批游客。当今游客,都是进山要观奇石,入林要赏异花,他们欣赏那岩头瀑布的喧哗,赞美那河面水浪的滚雪,总是不屑一顾那河流转变的地方。是的,那太平常了,在山嘴的下边,是潭绿水,绿得成了黑青,水面上不起一个水泡,不绽半圈涟漪。但是,渔夫们却往那里去了。他们知道,那瀑布的喧哗,虽然热闹,毕竟太哗众取宠了;那翻动的雪浪,虽然迷离,但下边定有一块石头,毕竟太虚华轻薄了;只有这潭水,投一块石子下去,"嘭咚"响得深沉。近岸看看,日光下彻,彩石历历在目,水藻浮出,一丝一缕如烟如气。探身而进,水竟深不可测,随便撒一网去,便有白花花烂银一般的鱼儿上来。

小时候,我常在这样的湾水边钓鱼,我深深地知道她的脾气:表面上不动声色,内心里蛟腾鱼跃;谁能说不是山中河流的真景呢?湾水并不因被冷落而不复存在,因为她有她的深沉和力量。她默默地加深着自己的颜色,默默蓄集着趋来的鱼虾,只是一年一年,用自己的脚步在崖壁上走出自己一道不断升高的痕迹。终有一天,她被人

们知道了好处，便要来赤身游泳，潜水摸鱼，夜里看月落水底的神秘，雨后观彩虹飞起的美妙。湾水临屈而不悲，赏识而不狂，大智若愚，平平静静，用什么也不可能来形容她的单纯和朴素了。

■《与穆涛七日谈》

故乡，虽然贫穷，但却有真山真水的自然元气。那草木见过吗？密密的不能全叫出它的名目；那虫鸟见过吗？那奇形怪状不能描绘出它的模样。信步到山林去，洼地去，常常就看见那石隙里渗出一泓泉的，或漫竹根而去，或在乱石中隐伏。做孩子时去采蘑菇，渴了，拣着一片猪耳朵草的地方用手挖挖，一有个小坑儿，水便很快满了，喝下去，两腋下津津生凉风，却从不曾坏了肚子；如若夜里做游戏，在地上挖个坑儿，立即便出现一个月亮；遍地挖坑，月亮就蓄起一地哩。这地方，撒一颗花籽长一棵鲜花，插一根柳棍生一株垂柳。

■《与穆涛七日谈》

故乡，真是太妙了！

妙语

素笔，素文，素雅的画境扑面而来。

拉开后窗，窗外恰是一处小花园。风雪之中，花皆残败，三棵黑松萧然，一堆太湖石，一片水塘，雪落下无影无声地无纹痕泛起。有一穿红衣的女子在塘边的冬青丛边伸舌接雪，一仰头瞧见我，忙闭了嘴，却又装着对雪无所谓的样子，慢慢往左走，就走出窗框了。

◼《浙江日记》

信手拈来，智慧就在这文字里，使人觉悟到人生的真谛。

进山东的时候，我是带了一批《土门》要参加签名售书活动的，在济宁城里搞了一场，书店的人又动员我能再到曲阜搞一次，我断然拒绝了。孔子门前怎能卖书呢？我带的是《土门》，我要上泰山登天门，奠地了还要祀天啊！我站在山顶的一截石阶上往天边看去，据说孔子当年就站在这儿，能看到苏州城门洞口的人物，可我什么也看不见，我是没有孔子的好眼力，但孔子教育了我放开了眼量，我需要一副好的眼力去看花开花落，看云聚云散，看透尘世的一切。

◼《进山东》

夜本来黑得沉重，也刚刚下过雨，夜就全集中到了这里；我已说不清我是从哪一个丘后来的，记得当时进了北大校内往东走，又往南，又往东，凭我的感觉，有如狗凭借了嗅觉，在这里站住了。我第一次领会了夜的真正本色，先是隐隐约约看见一层微亮，后又不可复辨，眼睛完全地无用了，这种坠入深渊般的境界急过了一刻，便出现了一种漆光，眼睛依然无用，心身却感应了。我明白这是黑的极致，黑是无光的。黑得发漆却有了光泽。湖的边沿在哪里，是圆形的，还是方形的，触摸着身边的桥栏，认作是一座汉白玉的建筑，腻得有如人脸和玻璃的紧贴，或者少女的肤肌。身后的滴雨滑动下来，声响微妙，想象得见这滑动了很长的路线，无疑是从垂柳上下来的。夜原是为情人准备的。但今夜里没有星月，丘后的树丛里也没有绰约的路灯，幻不出天的朦胧水的朦胧，又等不及漆光，爱情也觉不宜，所以已经没有一个人在这里。这倒恰好，窃喜我来的是时候。我面朝着湖的方向，回忆着某杂志上一篇关于介绍此湖的文章，说湖中是有一个岛的，湖东是有一座塔的，但现在岛上的树和东边的塔认识不出，全在漆光里。这漆光似乎很低，又似乎很高，离我很远，离我又很近，湖显得非常大。在黑色里往前走，硬硬的就是路，软软的就是路边的草，草也潮润得温柔，踏着没一点声音。一种难得的

好文章。夜色，湖光，寂静，未名人游未名湖，混沌，写意，美，耐人寻味。

气息拂过来,其实并不可称作拂,是散发着的,口鼻受用了,身上每一处皮肤每一根汗毛也在受用。我真感动着这一夜眼睛是多余的,心、口、鼻、耳却生生动动地受活,倒担心突然间丘的树丛某一处亮一点灯,或远远的地方谁划着了一根火柴。我度过了三十个年的夜,也到过许许多多的湖,却全没有今夜如此让我恋爱这湖。未名湖,多好的湖,名儿也起得好,是为夜而起的,夜才使它体现了好处。世上的事物都不该用名分固定,它留给人的就是更多的体验吗?我轻轻地又返回到汉白玉的建筑上,再作一番腻的触摸,在沉静里让感觉愈发饱溢;十分地满足了,就退身而去。穿过校园,北大的门口灯火辉煌,我谁也不认识,谁也不认识我,悄悄地来了,悄悄地走了。这一夜是甲子年的七月十六日,未名的人游了未名的湖。

◼ 《未名湖》

甲子岁深秋,吾搭车往洛南寺耳,但见山回路转,湾湾有奇崖,崖头必长怪树,皆绿叶白身,横空繁衍,似龙腾跃。奇崖怪树之下,则居有人家,屋山墙高耸,檐面陡峭,有秀目皓齿妙龄女子出入。逆清流上数十里,两岸青峰相挤,电杆

平撑，似要随时作缝合状。再深入，梢林莽莽，野菊花开花落，云雾忽聚忽散，樵夫伐木，叮叮声如天降，遥闻寒暄，不知何语，但一团嗡嗡，此谷静之缘故也。到寺耳镇，几簇屋舍，一条石板小街，店家门皆反向而开，入室安桌置椅，后门则为前庭，沿高阶而下。偌大院子，一畦鲜菜，篱笆上生满木耳，吾落座喝酒，杯未接唇则醉也。饭毕，付钱一元四角，主人惊讶，言只能收二角。吾曰：清静值一角，山明值一角，水秀值一角，空气新鲜值八角，余下一角，买得吾之高兴也。

■《游寺耳记》

平和，平淡，平静，文如流水伏地，又如清风附竹，呈现出人与自然和谐的吉祥、自在与惬意。

来桂林之前，有人说：那儿什么都长毛。果然如此，树是山之毛，苔是石之毛，雾是天之毛，雨脚是水之毛，而人之毛就该是那无穷无尽的惊异和疑惑了。白天里，行不停，看不停，听不停，闻不停，吃不停，到夜里则是没完没了的梦。梦全是在飞动，树飞动，山飞动，水飞动，虫鱼人物飞动，黎明醒来，我也不知道我已做了仙了呢，还是仙做了我呢？

■《在桂林》

平凹先生总会忽发奇想，这是他散文的魅力和生命力之所在。

妙语

美文。文字看似混沌，却有禅的意味潜伏。

礐石岩是汕头的一座山。

山并不高，但在海边，却全是一堆乱石的堆起；旁边没有更大的山，疑心不了地震后的一场崩塌，便想象是外星人海滩玩过石子的游戏。

游礐石岩的人好多，而爬坡的几乎没有，那平仄纵横的巨石就很野，缀满了许多苔斑，挺象形，作想这是宇宙语，但无人看懂。石与石的夹缝里有细树，寡寡的样子，没有一株是南国的阔叶，都细碎椭圆，叶背乱翻如是耳朵，就能听见在山的腹部嗡嗡一如人语。

游人是在山腹。别的山都要爬，这里却真正是登，觅着山根处两石斜倚的洞穴进去，一股森气就吸身深入，沿一条通道便能引上山顶。这不是人工的斧凿，是乱石堆砌的自然空隙。盘过来，又转过去，旋转而上，常常就走迷失。迷失不打紧，可以在一张石桌下坐歇，目注着一处猜想着它是什么虫鸟人物，多看多新，也可以看着石缝的某一处透射下来的阳光，吊一条黄金绳索。山腹里阴冷，不能久坐，久坐又最易于不识我是哪石，哪石是我。在山腹中钻行，会有军事家的感觉，想到八卦阵，也想到游击战。若有一声笑，笑就酝酿不绝，甚至有金属的音韵，会惊得发笑人一脸的呆。终于从山腹出头，出口却是一块大得骇人的仄石，似乎那是个盖石才被揭开，又有随时要盖上的危险。

站在了山顶，人犹如初生，风吹得温柔，空气能握出水来，渐渐地睁开眼，能看到天的最空处，也看到了海的最阔处。于是想，石岩不是山，是来镇海的一座塔。

从老深处突然到老高处，探探索索到自由自在，觅寻到了大的境界，又觅寻到了自己，游人于是就大呼小叫。

大呼小叫，人正是成了塔上的风铃。

■《莙石岩》

原来是一摊水而已！

当我千里迢迢地站在了太湖堤岸，没有滚滚的波浪，没有穿空的危崖，十多年来的热盼和想象等待来的，就如这柳下仄仄卧卧的圆石一样呆痴和冰凉吗？天地间聚这样的一洼清水，别的地方也易见到，似乎更大，水更清，除了水鸟翻飞便无游人，而水鸟翻飞愈是水天一色的空阔浩渺。

我久久地不愿坐上泛湖的小舟。

时近黄昏，水面光亮如镜，无数的游舟在那里滑行，尖声锐语，嬉戏无常，已分不来是游人的得意忘形还是湖中显现了水族的活跃。全是些妙龄女子，衣饰使太湖浸染了各种颜色。忽有音乐骤起，从水的某一处潮湿湿过来。我茫然四顾，

妙语

大手笔，大写意。一摊水，一声美的叹息。

水汽蒙蒙中不见奏乐的人，却似乎在遥远的水面，一只彩舟凌波而去，无数的舟激动追逐，追在前头渐渐船如一线人若芥子，一层一层极厚极柔的水纹推至岸头。有几只终于返回了，满脸热汗的女子十分疲劳，却遗憾苦叫未能追上那西施。这怨恨使我惊讶，难道西施还在太湖？随之我也笑起我自己了，那倾国倾城的一代名姬是不会至今还泛舟在太湖，但夕阳辉映里出现幻景是太湖的奇观吗？想那英雄的范蠡在金雕玉琢的船上，置一点酒茶，抚一把檀扇，有美人在旁，衣若飞云，眉如远山，清妙似踏波仙子，那是何等适意。而如今的女子都来湖上是向往那美人神采而产生了幻景还是她们以自身的美丽和幸福不能自持，看别人是西施别人又看自己是西施而真似假时假亦真？我多少有些明白了，太湖毕竟是美人的湖。这一摊水是有了美人，有美人而成就了这一摊水。

微风中我幽幽地叹息了。

■《四月廿三日游太湖》

且听，高高的空中有雷在响了，有电在闪了。今晚，天地是交汇了，雨才下得这么大，才有它们欢乐的雷电。我活在这个天地里，多么祝福着这太长久的渴旱后这一晚。是感叹着这一场晚雨，

是晚了，来得晚，但毕竟这雨是来了，咽下一切遗憾，就永远永远记住这一个雨晚。

天到底是天，地到底是地，雨又住了，天地又分开平行。替天地说一句蓝桥上的话："且将这身子寄养着别处，让每一晚月亮出来做眼，你看着我吧，我看着你吧。"默默地在夜里去。我也就打一个酥酥的惊悸，一山都在羞怯怯地颤。

想，古时的意念中，天是龙的世界，羊是地的象征，一个是神圣一个是美丽，合该是要连缀的，它们不结合，大自然就要干渴，雨是必下不可的。那就等再一场雨吧！或许有着长长久久的雨会下得没时没空没来没去没黑没白，天地再不平行而苍茫一片，那时我们不要盘古，永远不要盘古！

■《晚雨》

> 一语双关，虚写云雨，实写天地之大道，却不留斧痕，妙。

在城里，是从画刊上认识这竹子的，《辞海》上也写过它的形象：修长。今番在此山此地，才知道它竟是长在岩缝石隙中的。远远看去，一山都是绿，绿得浅，也绿得深。没有风的时候，绿得庄重，温柔，像端坐在堂上的少妇。微风掠过，此时正是黄昏，夕阳斜在绿梢儿上，红光里渗了绿的颜色，也显得柔和可爱多了。我拣了河边的

> 多美的文字呵，像流水一样！

一块石头坐下来，看那河源就在山间的竹林里，白花花地淌下来；流过身下的时候，声儿是没有的，颜色却是碧绿碧绿。我想，是这水染绿了那竹呢，还是这竹洗绿了这水？水面子上送着凉气，那一定是竹叶上带来的。

◼《空谷箫人》

早春景致，勾勒得如此鲜活而新美！

正是三月天，城外天显得极高，也极青。田野酥软软的，草发得十分嫩，其中有蒲公英，一点一点地淡黄，使人心神儿几分荡漾了。远远看着杨柳，绿得有了烟雾，晕得如梦一般，禁不住近去看时，枝梢却并没叶片，皮下的脉络是楚楚地流动着绿。

◼《品茶》

这就是画呀！

我们跑去了，先是到了东边，那是一慢斜坡，稀稀地站着几株柿树，如今光裸裸的，没有一颗红艳艳的果子，铁似的枝条，衬在雪里，似乎在作着沉思。再往远去，有一簇村庄，屋顶蓝锃锃的瓦没见了，村前那口满是绿荷的池塘没见了，村口跑出一头毛驴，也是满身潮了霜，灰不溜丢的。

◼《访梅》

先是逆着鲁羊河而上，河面很宽，水没过膝盖，两岸杨柳如堵墙一般，间或空出一段，看见岸上人家：一幢竹楼，半匝篱笆，有鸡的几声细吟。走上半天，河水愈来愈浅，人家也见得稀少，末了，绿树围合了河面，只有一道净水从树下石板上流出，旋着轮状，自生自灭。眼见得天色晚下来，心想有胜地必有人家，便信步走去觅宿。

进了绿树林子，在浅水中的石头上跳跃着走了一气，便见有了一条道路，道路两边不再是杨柳，挤满了竹，粗者碗口粗，细者恰有一握，出奇的都是出地一尺，便拐出一个弯来，然后端端往上钻去。时有风吹过来，一声儿瑟瑟价响，犹如音乐从天而降。竹林过去，便见一座石山梁，山梁赤裸，不长一棵树木，也没一片草皮，沿山梁脊背凿着一带石阶。阶宽六寸，刚好放下脚面，阶距却一尺，步登一阶有余，跨两阶不足，需是款款慢上，不敢回头下看。这么上不到一半，便气喘吁吁，骇怕得起了一身的鸡皮疙瘩。

好容易登到最后一阶，软坐下来，小腿还在抖抖跳动不已，正感叹天地造物奇特，倏忽听得有什么响动，时而似云外闷雷，时而又觉在身下，四下看时，才见东西山梁两边，各有了两渠水悠悠去了。源头正从山湾后而来，在这山梁下凿分洞而过，水色翻白，山梁后侧刻着斗大的隶书：滚雪。

一步一诗，一诗一画。

贾平凹
妙语

一时倒忘了疲倦，我踏着源头走去，山势陡然窄得多了，拐过又一弯处，竟是一大潭渊。水青得发黑，幽幽地如一泓石油。潭上有一架大拱桥，弯弯的撑着两边山崖，像是一把张口钳，又像是一张拉紧的弓，似乎稍一松动，那山崖便要合拢。走上桥去，立即看见水里有了黑影，像在上镜中的梯子，愈往上走，那黑影愈拉得长，风动波起，那桥那人就在潭底晃动，自觉脚下的桥面也在动了，再不敢挪步。

■《夜的云观台》

以美人喻水边柳，不新鲜，却尽了美！以水天比喻人生，妙！

水和天并没有相接，隔着的是一痕长堤，堤边密密地长了灌木，叫不上名儿，什么藤蔓缠得黏黏糊糊。堤上是枫树和垂柳，枫叶呈三角模样，把天变成像撒开的小纸片儿，垂柳却一直垂到树下，像是齐齐站了美人，转过身去，披了秀发，使你万般思绪儿，去猜想她的眉眼。湖面上，远处的水纹迅速地过来了，过来了，看了好久，那水纹依然离得我们很远，像美人的眨着的脉脉的眼，又像是嘴边绽着的羞涩涩的笑。我们终于明白那柳之所以背过去，原来将眉眼留在了水里。

船到湖心，我们便不再划，将桨双双收在舱里，任船儿自在。妻便作起画来，我仰躺在船里，

头枕在船帮，兀自看着天。天也是少妇的脸，我突然觉得天和这水，端庄者对端庄者，默默地相视；它们是友好的，又是距离着，因为它们不像月亮绕太阳太紧，出现月圆月缺，它们永远的天是天，水是水，千年万年。我还要再想下去，突然一时万念俱灭，空白得如这天，如这水一般的了。

■《静》

天地自然之中，一定是有无穷的神秘，山的存在，就是给人类的一个窥视吗？我趴在窗口，虽然看不出个彻底，但却入味，往往就不知不觉从家里出来，走到山中去了。我走月也在走，我停月也在停。我坐在一堆乱石之中，聚神凝想，夜露就潮起来了，山风森森，竟几次不知了这山中的石头就是我呢，还是我就是这山中的一块石头？

■《读山》

由山而窥视出人生的本根。

山上长牡丹，这便稀奇，一山上下都长牡丹，便又稀奇，长牡丹的山不在洛阳，不在苏州，而在千里赤褐的陕北高原，这就更是稀奇。正因为这片牡丹不去公园占却富贵，偏执意亲恋荒原，

妙语

一句一道风光，如人走山路，山穷水尽疑无路，柳暗花明又一村。所谓如诗如画，也不过这样吧！

热闹寂山，所以一经发现，声名便天下震远；做工的，务农的，学文的，习武的，争相朝看：朝者不为看花艳，为着天地自然之元气也。

走十里不见一村，进村寻不着五家，门窗在坎壁上开凿，炊烟端端地在土塄上冒长，这便是杜甫川。川的两边，挤着无数的和尚，臃臃肿肿，却全然着一个一个光头，太阳下，丝丝缕缕往上蒸腾热气，这便是杜甫川的山。山上不长一树，支零破碎的一片片草皮，又被牛羊踩出小路织成的网状，这便是和尚头山上的坡。顺坡而下，逆沟水而上，没有龟纹，却成了干粉，有风如烟如火，无风虚土半尺，脚踩下去不见了鞋面，尘"嗤"的一声如水一样四处飞溅，这便是网状草坡底下的路。沿路深入四十里，川越走越窄，山越走越挤，兀然突出三座郁郁秀山，北是北华山，南是南华山，中间特秀特高者，牡丹花山到了。

■《延安杜甫川牡丹山记》

爱花总梦想花能长在，越发觉得这黑柏杂木，荆棘荒草实在丑恶，万万不该在这里生存。呆得一久，那牡丹似乎专意儿要回答我吧，常常就在柏根下生出，荆丛里开花，而且更艳更香。我才悟出：美并不怕丑，美在丑里美更美。但牡丹并

不傲贵，百花同时与它生长，那刺玫繁花坠枝，如万千粉蝶在那里聚集，枸子木也满树满枝绣着米粒大小的白苞，开放之后，如披了一身雪花，桑瓜瓜顶一朵黄绒，地英放一片淡蓝，甚至那林中空地上的地皮绿苔，也有了一点一点花的紫色。牡丹在鼓励着百种小花不要卑微，有颜就显，有香就放。游人多赏牡丹花容，我却赏到牡丹风格，便曾洋洋夸口：我更爱花，花更爱我，我于牡丹最知己！

■《延安杜甫川牡丹山记》

> 牡丹不傲，与百花同时生长，妙！赏牡丹风格者，独平凹一人也！

夜里偶尔要会起了狂风暴雨，这便使我彻夜不得入睡，打了灯笼满山护守：才绣出的花苞怕折了茎，已绽了瓣的怕散了红；平地的给搭棚，风头的给扶棍，悬畔的给培土。有一夜将雨伞、草帽全用完了，我脱了上衣一头系在树上，一头用手拉住，护着一朵白牡丹直到天明。也有护不到的，五彩涂地，我默默捡起落瓣，洗净晒干，制作茶料，一杯一杯送上山人喝了，叮咛他们记住牡丹，让其精灵永存。

■《延安杜甫川牡丹山记》

> 这样护花，连"花好"都要自叹不如了。

妙语

陕北人肖像写意，极尽生动。

深沉而有铜的音韵。陕北是出英雄和美人的地方，小伙子都强悍而显英俊，女子皆丰满又极耐看。男女的青春时期，他们是山丹丹的颜色，而到了老年，则归返于黄土高原的气质，年老人都面黄而不浮肿，鼻耸且尖，脸上皱纹纵横，俨然是一张黄土高原的平面图。

■《延安街市》

汉中城北山高沟大，二百里深处有个留坝县，多不为人所到；出县城再往北四十里，是张良当年退隐处，更不为人所知。连绵的山峦一直排列到此，突然错落开来，向东一折，再往北甩去，窝出一个四合院式的山坳。坳边山石如蹲如卧，堆砌隆起，万般姿态像人工精心设计了似的。山石皆乳白色，凿之便为字壁；上有异竹，碧青青的透着紫色，一律出地一尺，便拐一个弯儿，又端端向上。山石下，多有细水，在竹石之中隐伏，悄然无声。往后就是崖壁，仰视不可见顶，全被古松遮掩，半腰又卧了白云，使人不知崖的巉峻，不知涧的深浅。楼，亭，台，榭，依山而筑，却尽藏在绿里，只浮出一檐半角；人进去，便不见身影，坐下静听，唯有鸟鸣数声。此山坳好在偏

僻，被张良看中，但也亏在偏僻，却不被世人看中。据说留坝县的书记，历来最难委任，任了又多不呆三年五载。书记当官尚且如此，何况一般人呢？故几千年来，多不被人赏识、游览。如今都说山林野外幽静清净，空气新鲜，但人又多想方设法挤向城市，一旦在城市烦嚣甚了，想见山水，修起公园，但那么一块假山假水，又都蜂拥而至，又是十分烦嚣。可见人是图热闹的动物，常要舍其本，求其末，为时髦所驱动。站在山坳怅然良久，便写下这段文字，为张良庙山坳做广告，以白天下。

■《张良庙记》

真妙文也！句句诱惑人心，使人步入禅境而犹不知不觉。

从张良庙再往深山走，有一个镇子，说是镇子，其实十几户人家而已。镇上有一作坊，专做拐杖，远销国内好多大城市。游张良庙时，夜宿在镇上，与作坊一老者谈起，他说："这里没有什么值得稀罕的，只有产这拐杖。因为山深草莽，多长有荆子木、枸子木、鸡骨头木，这些杂木荆棘，不可能成材，但它们不择地而生，风吹，雪压，缺水，耐是都耐过了，却可怜几十年再长不成一握粗。这么荒荒落落，自生自长，木质倒也十分坚硬，正好能做拐杖了，又多有弯根、斜枝，

贾平凹妙语

真妙文也！寻常的话，不寻常的启示。

以木形而做，扶手把上就可雕龙、刻凤，鱼、虫、花、鸟，随意着刀就成了。拐杖做出后，无意拿进大城市里，立即被人抢购，这使我们深山人万万没有想到。我们大多数的人从未去过大城市，不知道你们大城市的人竟这么喜爱。想想，大城市的人到了一定年纪，是不是都肚皮过肥，腿骨酥软，这拐杖便是这第三条腿了。你们有的是钱，担心的是寿，咱们深山的人却总是钱少，就多亏了你们这么周济了我们。你可回去后写写文章，说我们会记着你们大城市的人呢。"于是，我遵嘱将老者的话写在这里，让所有大城市的人都记着老者的话，当大腹便便地挂着拐杖悠悠散步的时候，也都记着支撑臃肿身躯行走的第三条腿，其实是深山里那些几十年无人知晓的杂木荆棘。

◼ 《拐杖记》

汉中城内东南角，有一湖，小极浅极，称池方宜。水却清澈异常，叶落进去终不沉底，水面也从未见过轮状的、网状的纹，平平静静，像一块圆圆的镜子。站在西边，就可照出东门方面的屋舍；站在北边，又可照见南门方面的楼台。有着日头的天气，可见鱼在水底，并不大的，黑着脊梁，像时兴酒杯底的花鸟，又像玻璃匣中嵌的

标本。才一俯身，身影铺过去，鱼儿突然而散，再无踪迹，水面依然不动，白亮亮仍是一面镜子，倒会疑心那鱼儿是天上的鸟儿飞过的影子。这湖已不知哪朝哪代形成，一直都有着鱼，但从未见过鱼长大，历史上东门南门都曾有过好多次火灾，火灾一起，人就舀湖水去灭，总是湖涸了，鱼也死了。但不久，天并未落雨，湖水却满了，湖里也却又有鱼了。这样湖涸了又溢，鱼死了又生，一直到了今日。今年三月，我到这里，本城新县志编辑室的老赵又说起这事，直道这水儿出奇，鱼儿出奇，要我给这两种生灵起个名儿。我说，此水明知救火自亡，偏要蓄存，这是好水；此鱼情知水不久存，偏生于此水，这是好鱼。鱼有水方活，水有鱼不腐，全为着一个火字，天下每个城的门口都有这么种水和鱼，火灾就不可怕了，取火水、火鱼最好。老赵说：妙！遂在新县志中记之。

■《火水火鱼记》

> 妙文也！总是寻常的文字里，道人之未道、不能道，回味无穷。

沟是不深的，也不会有着水流；缓缓地涌上来了，缓缓地又伏了下去：群山像无数偌大的蒙古包，呆呆地在排列。八月天里，秋收过了种麦，每一座山都被犁过了，犁沟随着山势往上旋转，

> 文字的素描比画更写意。

愈旋愈小，愈旋愈圆。天上是指纹形的云，地上是指纹形的田，它们平行着，中间是一轮太阳；光芒把任何地方也照得见了，一切都亮亮堂堂。缓缓地向那圆底走去，心就重重地往下沉；山洼里便有了人家。并没有几棵树的，窑门开着，是一个半圆形的窟窿，它正好是山形的缩小，似乎从这里进去，山的内部世界就都在里边。山便再不是圆圈的叠合了，无数的抛物线突然间地凝固，天的弧线囊括了山的弧线，山的弧线囊括了门窗的弧线。一地都是那么寂静了，驴没有叫，狗是三个、四个地躺在窑背，太阳独独地在空中照着。

■《黄土高原》

> 黄土的奇妙就在这不可思议的自然现象里。

土是沙质的，奇怪的是靠崖凿一个洞去，竟百年千年不会倒坍，或许筑一堵墙吧，用不着去苫瓦，东来的雨打，西去的风吹，那墙再也不会垮掉，反倒生出一层厚厚的绿苔，春天里发绿，绿嫩得可爱，夏天里发黑，黑得浓郁，秋天里生出茸绒，冬天里却都消失了，印出梅花一般的白斑。日月东西，四季交替，它们在希冀着什么，这么更换着苔衣?！默默的信念全然塑造成那枣树了，河滩上，沟畔里，在窗前的石碌子碾盘前，在山与山弧形的接壤处，突然间就发现它了。它

似乎长得毫无目的，太随便了，太缓慢了，春天里开一层淡淡的花，秋天里就挂一身红果。这是最懂得了贫困，才表现着极大的丰富吗？是因为最懂得了干旱，那糖汁一样的水分才凝固在枝头吗？

◨《黄土高原》

窗内，窗眼里有一束阳光在浮射，婆姨们正磨着黄豆，磨的上扇压着磨的下扇，两块凿着花纹的石头顿挫着，黄豆成了白浆在浸流。整个冬天，婆姨们要呆在窑里干这种工作，如果这磨盘是生活的时钟，这婆姨的左胳膊和右胳膊，就该是搅动白天和黑夜的时针和分针了。

◨《黄土高原》

画面虽小，却有着经天纬地的伟大！

春到夏，秋到冬，或许有过五彩斑斓，但黄却在这里统一，人愈走完他的一生，愈归复于黄土的颜色。每到初春里，大批大批的城里画家都来写生了，站在山洼随便一望，四面的山崄上，弧线的起伏处，犁地的人和牛就衬在天幕。顺路走近去，或许正在用力，牛向前倾着，人向前倾黄土犁耕图，文化源渊处。

着，角度似乎要和土地平行了，无形的力变成了有形的套绳了。深深的犁沟，像绳索一般，一圈一圈地往紧里套，他们似乎要冲出这个愈来愈小的圈，但留给他们活动的地方愈来愈小，末了，就停驻在山峁顶上。他们该休息了。只有小儿们，停止了在地边玩耍，一步步爬过来，扑进娘的怀里，眨着眼，吃着奶……

■《黄土高原》

传神的文笔，勾勒了如画的景物。

大洼地的雪比山梁上厚多了，脚踩下去，就没了腿肚，走起来很是艰难。秋天的枯草全倒伏着，偶尔有一撮两撮露出还绣着白毛穗的茎尖，但冰得坚硬，一撞就脆折了。一切树木，几乎都是一搂粗的、两搂粗的百年物，叶已落尽，枝桠如爪一样扭曲，每一截曲处，每一个疤上，都驻着落雪，月光下黑森森地亮着点点白光，像怪兽的眼。枯朽的原木横七竖八地倒在地上，一半被雪埋着，一半斜仄着，满身的木耳和苔叶，茸茸地像长了毛似的。

■《大洼地一夜》

出奇的是这么个地方,偏僻而不荒落,贫困而不低俗:女人都十分俊俏,衣着显新颖,对话有音韵;男人皆精神,形秀的不懦,体壮的不野;男女相间,不疏又不戏,说,唱,笑,全然是十二分的纯净呢。物产最丰富的是红枣,最肥嫩的是羊肉。于是才使外地人懂得:这个地方花朵是太少了,颜色全被女人占去;石头是太少了,坚强全被男人占去;土地是太贫瘠了,内容全被枣儿占去;树木是太枯瘦了,丰满全被羊肉占去。

■《延川城感觉》

天地造化,人为万物之灵。

树林子像一块面团了,四面都在鼓,鼓了就陷,陷了再鼓;接着就向一边倒,漫地而行的;忽地又腾上来了,飘忽不能固定;猛地又扑向另一边去,再也扯不断,忽大忽小,忽聚忽散;已经完全没有方向了。然后一切都在旋,树林子往一处挤,绿似乎被拉长了许多,往上扭,往上扭,落叶冲起一个偌大的蘑菇长在了空中。哗地一声,乱了满天黑点,绿全然又压扁开来,清清楚楚看见了里边的房舍,墙头。

垂柳全乱了线条,当抛举在空中的时候,却出奇地显出清楚,刹那间僵直了,随即就扑撒下

风雨形态,惟妙惟肖。

来，乱得像麻团一般。杨叶千万次地变着模样：叶背翻过来，是一片灰白；又扭转过来，绿深得黑青。那片芦苇便全然倒伏了，一截断茎斜插在泥里，响着破裂的颤声。

◼ 《风雨》

我闭上眼睛，慢慢地闭上了，感受那月光爬过我的头发，爬过我的睫毛，月脚儿轻盈，使我气儿也不敢出的，身骨儿一时酥酥的痒……睁开眼来，我便全然迷迷离离了：在我的身上，有什么斑斑驳驳地动，在我的脚下，也有了袅袅娜娜的东西了。回过头来，身后原来是柳、草，阴影匝匝铺了一地，层次那样分明，浓淡那样清楚……不知什么时候，有了风，草面在大幅度地波动，满世界价潮起泠泠声，音韵长极了，也远极了，夜色愈加神秘，我差不多要化鹏而登仙去了呢。

◼ 《月鉴》

散文里的意识流，有惟美惟幻的意境。

我不禁喟然长叹：哦，大凡尘世，任何地方都有生命的存在，漠漠边关沙地，也是如此；而万事万物既有存在的生命，又都有它赖以生存的

手段，环境不同，手段也相异呀！遥想竹林中的蛇可以是青色，湖水里的鹅可以毛隔水，岸上的树可以叶子圆阔，高山的树可以叶子尖针，可见环境好的并不足夸，环境劣的更不应自弃。再想这佛手肿长在这里，它也开花，它也结籽，虽然没有一只蜂儿来传递花的爱情，没有一只鸟儿来遗播籽的繁衍，生活给了它瘠贫，也同时却给了它奋斗，一结籽就生出绒的翅膀，自己去谋生路了。也正是环境太不好了，它并不去以色以香诱惑蜂儿鸟儿，它靠的是自己生的欲望，靠的是飞的力量，自然这样可望落地而生，也可能落地而亡，要不，怎么会有这么多的白绒团儿各自在寻找自己的归宿呢？

■《草记》

借题发挥，发天地之感慨！

这么又玩了半天，学生催我赶路，我说："回吧。"他有些疑惑了："你这是怎么啦？三次上华山，都半途而归？"我说："这就蛮够兴趣了。"学生说："好的还在山上哩！"我说："是的，山下都这么好，山上不知更是有多好了。"学生便怨我身懒。我说："不。要是身懒，我能年年想着来吗？能在今年接连三次来吗？之所以几年里一直不敢动身，是听别人说得多了，觉得越好越不敢

妙语

道在知与不知间。这样的文字，如高僧说禅。

去看。如今来了三次，还未上山，便得了这许多好处，若再去山上，如何能再享用得了？如今不去山上，山上的美妙永远对我产生吸引力。好东西不可一次饱享，慢慢消化才是。花愈是好，与人越亲近；狐皮愈美，对人越有诱惑力。但好花折在手了，香就没有了；狐皮捕剥了，光泽就没有了。"学生说："那么，这是什么道理呢？"我说："天地大自然是知之无涯的，人的有限的知于大自然永远是无知，知之不知才欲知。比如人之所以有性格，在于人与人的差异。好朋友之间有了矛盾，往往不在大事上纠纷，而在小事上伤了和气。体育场上百米赛跑，赛的其实并不在于百米，而是一步的距离。屋内屋外，也不是仅仅只是一门之隔吗？可以说，大自然的一切奥秘，全在微妙二字，懂得这个道理，无事不可晓得，无时不产生乐趣和追求。"

■《三游华山》

天很高，没有云，没有雾，连一丝儿浮尘也没有，晴晴朗朗的是一个巨大的空白呢。无遮无掩的太阳，笨重地、迟缓地，从东天滚向西天，任何的存在，飞在空中的，爬在地上的，甚至一棵骆驼草，一个卵石，想要看它，它什么却也不

让看清。看清的只是自己的阴暗,那脚下的乍长乍短的影子。几千年了,上万年了,沙砾蔓延,似乎在这里验证着一个命题:一粒沙粒的生存,只能归宿于沙的丰富,沙的丰富却使其归于一统,单纯得完全荒漠了。于是,风最百无聊赖,它日日夜夜地走过来,走过去,再走过来;这里到底是多大的幅员和面积,它丈量着;它不说,鸟儿不知道,人更不知道。

■《河西》

如诗如画。细品这样的文字,比诗更耐读,比画更耐玩。作者的妙笔赋予了文字以灵魂。

河西走廊,是沙的世界,少石岩,少飞鸟,罕见树木,也罕见花草;荒荒寂寂的戈壁大漠,地是深深的阔,天是高高的空,出奇的却是敦煌城南,三百里地方圆内,沙不平铺,堆积而起伏,低者十米八米不等,高则二百米三百米直指蓝天,垄条纵横,游峰回旋,天造地设地竟成为山了。沙成山自然不能凝固,山有沙因此就有生有动:一人登之,沙随足坠落,十人登之,半山就会软软泻流,千人万人登过了,那高耸的骤然挫低,肥臃的骤然减瘦。这是沙山之形啊。其变形之时,又出奇轰隆鸣响,有闷雷滚过之势,有铁骑奔驰之感。这是沙山之声啊。沙鸣过后,万山平平,一夜风吹,却更出奇的是平堆竟为丘,小丘竟为

妙语

下笔如有神助！文字如沙汹涌，画面生动，扑眼而来，读这样的文字，眼心都是享受。

峰，辄复还如。这是沙山之力啊。进入十里，有一泉水，周回千数百步，其水澄澈，深不可测，弯环形如半月，千百年来不溢，不涸，沙漏不掉，沙掩不住，明明净净在沙中长居。这是沙山之神秘啊。《汉书》载：元鼎四年，有神马（从泉中）出，武帝得之，作天马歌。现天马虽已远走，泉中却有铁背游鱼，七星水草，相传食之甘美，亦强身益寿。这是沙山之精灵啊。

敦煌久为文化古都，敦者，大也；煌者，盛也。旧时为丝绸之路咽喉，今日是西北高原公路交通枢纽。自莫高窟惊世骇俗以来，这沙山也天下称奇，多少年来，多少游客，大凡观了人工的壁画，莫不再来赏这天地造化的绝妙的。放眼而去，一座沙山，一座沙山，偌大的蘑菇的模样，排列中错错落落，纷乱里有联有系；竖着的，顺着的，脉络分明，走势清楚，梁梁相接，全都向一边斜弯，呈弓的形状；横着的，岔着的，则半圆交叠，弧线套叉，传一唱三叹之情韵。这是沙山之远景啊。沿沙沟而走，慢坡缓上，徐下慢坡，看山顶不高，朦朦并不清晰，万道热气顺阳光下注，浮阳光上腾，忽聚忽散，散则丝丝缕缕，聚则一带一片，晕染梦幻，走近却一切皆无；偶尔见三米五米之处有彩光耀眼，前去细辨，沙竟分五色：红、黄、蓝、白、黑，不觉大惊小叫，脚踹之，手掬之，口袋是装满了，手帕是包饱了，满载欲归，却一时不知了东在哪里，西在何方。

茫然失却方向了。这是沙山之近景啊。登至山巅，始知沙山之背如刀如刃，赤足不能稳站，而山下泉水，中间的深绿四边浅绿，深绿绿得庄重的好，浅绿绿得鲜活的好。四周群山倒影又看得十分明白，疑心山有多高，水有多深，那水面就是分界线，似乎山是有根在水，山有多高，根也便有多长；人在山巅抬脚动手，水中人就豆粒般大的倒立，如在瞳仁里，成千上万倍地缩小了。这是沙山之俯景啊。站在泉边，借西山爽气豁人心神，迎北牖凉风荡涤胸次，解怀不卧，仄眼上眺，四面山坡无崖、无穴、无坎、无坑，漠漠上下，光洁细腻如丰腴肌肤。这是沙山之仰景啊。阴风之日，山山外表一尺左右团团一层迷离，不即不离，如生烟生雾，如长毛长绒，悲鸣齐响，半晌不歇，月牙泉内却水波不兴，日变黄色，下彻水底，一动不动，犹如泉之洞眼。盛夏晴朗天气，四山空洞，如在瓮底，太阳伸万条光脚，缓缓走过，沙不流不泻，却丝竹管弦之音奏起，看泉中有鱼跃起，亦是无声，却涟漪扩散，不了解这泉是一泓乐泉，还是这山是一架乐山？这是沙山动中静，静中动之景啊。

■《敦煌沙山记》

书画
SHU HUA

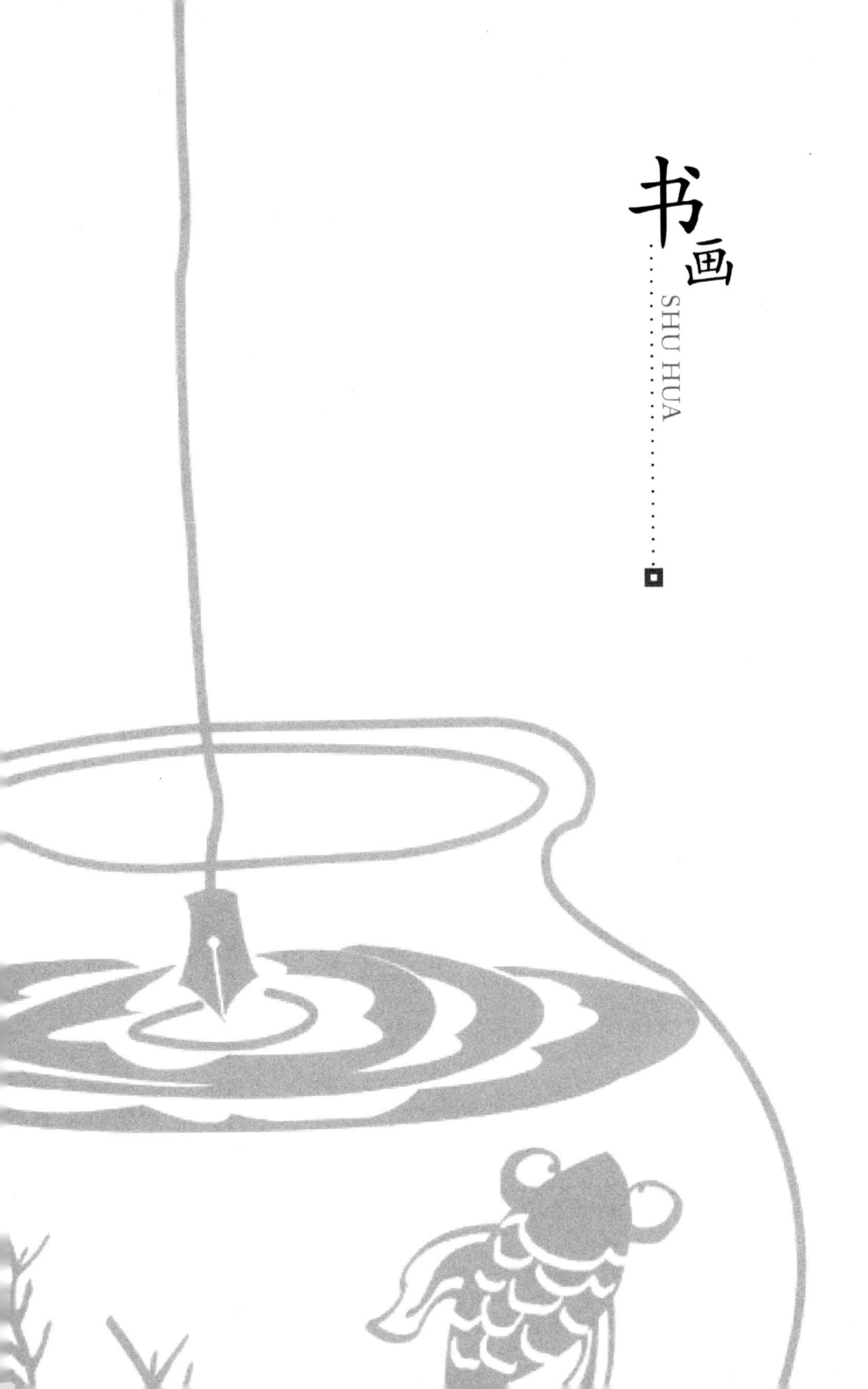

在我的所思所想不能用文字表达时我画画，不能用画画表达时我做文章。

莲花是藕的喜悦。

腊月里若是不挖藕，谁也不知道污泥里有肥白的藕。

藕在污泥里守着它的白，于是莲开放了它的精神。

■《释画》

"莲花是藕的喜悦。"说得真好！

一些职业画家见了我的画，说：画可以这样画呀?！一些文学界的朋友见了我的画，说：这是你小说散文的另一种形式么。他们说的我同意又不同意，以我说，我首先在活人而然后才作文作画，在我的所思所想不能用文字表达时我画画，不能用画画表达时我做文章。

■《我不知道》

对画有诡异的理解，平凹的画就有了诡异的魅力！

他们的艺术感觉如此之好，你会相信他们不是拿着毛笔而是毛笔就长在他们身上，是身体的一部分。

■《对"陕西智性书写展"的看法》

那就是用身子书法了！

> 平凹的与众不同，恰恰就表现在看人看己总有着与众不同的角度。保持清醒，所以他一路独行，而无后顾之忧。

如果在古时，一个写字的人是不会出一本书法集的，他们的任何一位也比我在这本集中的字写得好，然而现在，我却是书法家，想起来委实可笑。苏东坡是我最向往的人物，他无所不能，能无不精，但他已经死在了宋朝。我的不幸是活在了把什么都越分越细，什么里都有文化都有艺术的年代，所以，字就不称之为字，称书法了。食之精细，是胃口已经衰弱，把字纯粹于书法艺术，是我们的学养已经单薄不堪。越是单薄不堪，越是要故弄玄虚，说什么最抽象的艺术呀，最能表现人格精神呀，焚香沐浴方能提笔呀，我总是不大信这个。庙里的大和尚，总是让乡下的老太太在佛像前磕头烧香，但他们知道佛是什么，骂佛是屎橛子。

◼ 《〈贾平凹书画〉自序》

> 如此说书法，绝对一家之言。

从书法艺术上讲，汉时犹如人在剧场看戏，魏晋就是戏散后人走出剧场，唐则是人又回坐在了家里，而戏散人走出剧场那是各色人等，各具神态的，所以魏晋的书法最张扬，最有个性。

◼ 《老西安》

古今大书法家的作品之所以让我们感动，都是有一种博大的气喷发出来，让我们理解到他们对天地自然、社会人生的体证，而启悟到人格力量的重要。

◼ 《读李璞的书法作品》

> 书法的魅力既在书法之内，又在书法之外。

我不敢说我阅人多多，我总觉得，鬼狐成精似的能贯通一切的那些大智者往往都很愚的。

◼ 《〈张之光画集〉序》

> 感觉何其独特！

好了，活着画着，谁也不多提他，提他谁也心悸。百鬼多狰狞，上帝总无言。他的艺术是征服的艺术，他的存在是一种震慑。

知非诗诗，未为奇奇，海是大的，大到几乎一片空白，那灿烂的霞光却铺在天边，这就是何海霞。真正的中国的山水画，何海霞可能是最后的一个大家。

◼ 《〈张之光画集〉序》

> 这样评论何海霞，可算是一家之言吧？

妙语

借题发挥道出艺术的真谛。

我们在野游的山巅之上待到鸦影日落,看万里夜空里,一轮明月来,朗读鲁迅的《鲜花与墓地》:在开满鲜花的墓地中,一位老人问一位少女:"你看到了什么?"少女说:"鲜花。你看到了什么?"老人说:"墓地。"江文湛站起来了,说:"我看到的是墓地上长了鲜花。"我们都为他鼓掌了,浅薄的喜剧是令人生厌的,但太沉重的悲剧并不就是艺术的最高境界,在悲剧的基层上超越悲剧走向喜剧才是大的艺术。

■《〈江文湛画集〉序》

创造,艺术家的尊严。

当一门技艺成为艺术的时候,技艺人就陷入了尴尬,这如同有了雷锋,大家就希望雷锋永远地去做好事,如同看足球赛,踢赢了观众就发狂,踢输了观众就骂街。我们——你搞书法,我弄文学——有幸或不幸地成为艺术家了,我们的尊严从此是什么呢?恐怕唯一只有创造二字。冬日里的渭河滩上,又是细狗撵兔的季节,兔子就拼命地跑吧。

■《致李珙》

一个真正的艺术家，是要有长距离较量的韧劲，又要有图穷匕首现的爆发力，而这其中，年龄是重要的。你送我的那幅，好是好，但不耐读，如街上看美人，个个惊艳，等娶回一位做了老婆，注意的往往是她的不足。这也如我的文章，早年少作，清新优美，今到知天命年纪，文章没了章法，胡乱涂抹，但老来的文章虽是胡说，骨子里却有道数，每字每句皆是我从生命中体验所得，少作则是从别人的作品中学习而来。艺术精神体现在于觉悟，觉悟源于生命的体验，或沉雄，或空灵，不是故意为之的。漂亮一词可能出自于对灯笼的描写，灯笼之所以漂亮，在于透光，但透光不是灯笼的事，在于笼中的蜡烛。

■《致李珖》

> 透彻，石破天惊，如闻天籁。

　　大方之家自然是从大方处蹈，若太重趣味，终沦为小器。

■《致李珖》

> 大识见。

妙手妙语

就这淡淡的几笔，倒把一个幽默画家的幽默，极幽默地勾画了出来。

读完宋晓明的作品，我才算是了解了宋晓明这个人，原来他的话少，不是枯燥无语，而是得意忘言，他的灿烂的一笑，是他的幽默画的方式。人们看到的是他整日忙忙碌碌，忙忙碌碌着是为了生计，而惊奇他对于那么多美术设计的活干起来总是轻而易举，却都疏忽了他有的是天才。这样的人真正配做幽默画家，他活着就给我们幽默。

■《〈阿明幽默画〉序》

人生

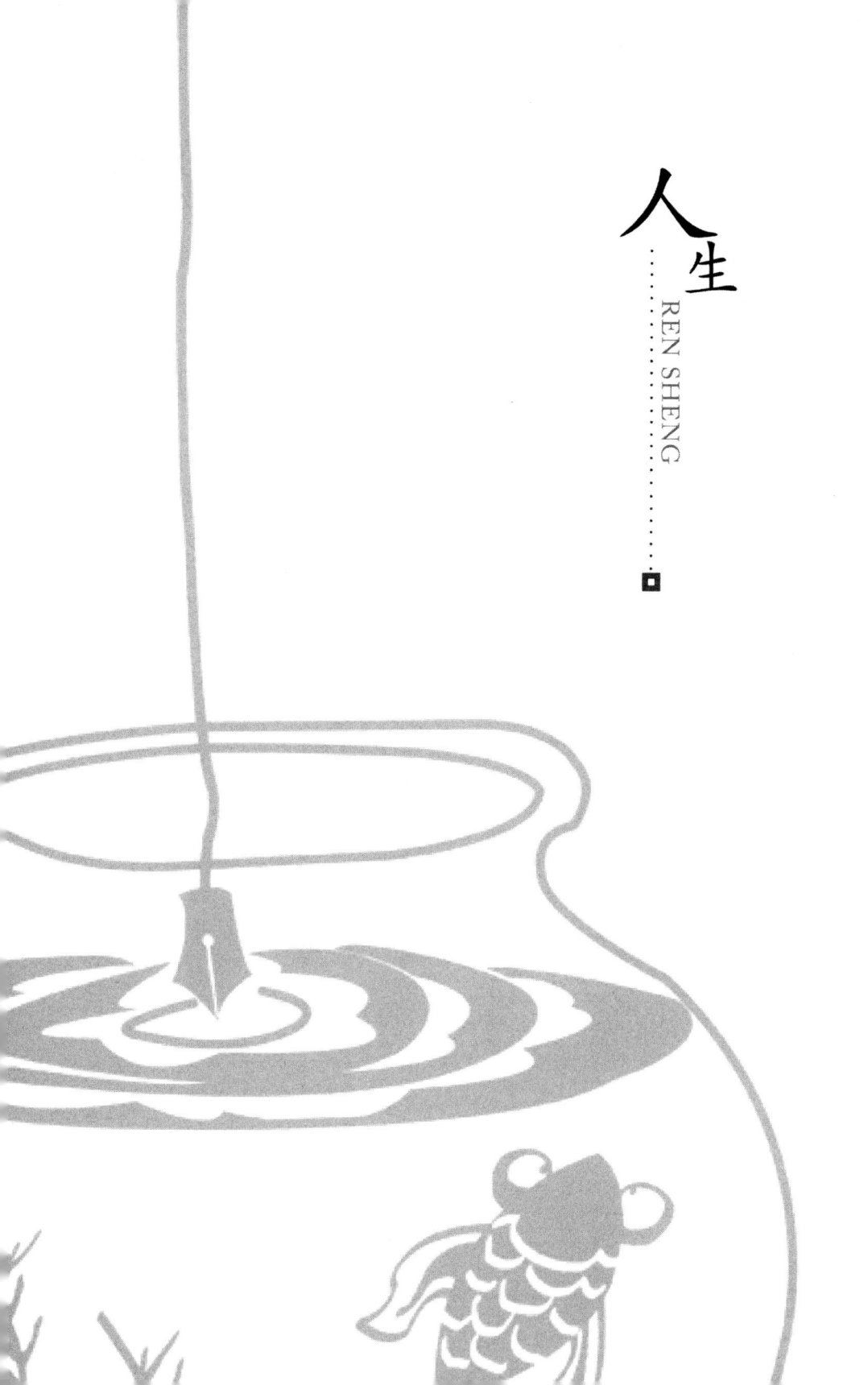

REN SHENG

我们常说智慧，智慧不是聪明，智慧是你人生阅历多了，能从生活里的一些小事上觉悟出一些道理来。

一

我是一颗奇异的种子，长在这块土地上；这块土地便是属于我的了：我的日，我的月，我的山的力量，河的通达，海的气度和魂魄……

二

喔，多么大的一块土地啊，也赋予了我的宏伟吗？我是有了槐树一样的根了，伸进到哪个地方，就在哪里萌发崛生；我是有了榕树一样的枝了，求索到哪个空间，就在哪里垂地扎根；我是有了蒲公英一样的花了，飞扬到哪个方向，就在哪里繁衍子孙。

三

据说这里长过草，漠漠地，一个荒草的世界。可是，荒草儿纵然有丰富土地的理想，可惜，风来了，身便折了，霜来了，脖便蔫了，偶尔长上来的，是些黄蒿，秀出个绒头，却在冬天的严寒里一根根地枯了，僵了。

一块多么神秘的土地！

四

然而，有了农夫！农夫赤脚走来了，背上驮着太阳，额上滴着血汗，用铧犁开了这块土地，将我种下了。

> 读这样的文字，就像读人生的哲学，心田上不知不觉地种下了思想的种子。

我做过长长的梦,一个颤酥,膨胀了,萌芽了;我是一颗奇异的种子,长起了一株奇异的苗。

五

我长成了林带,我长成了树林,谁经过我的身边,都要说:这真是好树!但也会被指责道:瞧,还有几棵弯弯树?!是有几棵弯弯树呢,我说。哪里的树林里,没有几棵弯弯树呢,哪一棵树上,没有几股弯弯枝呢?

六

我开过花,那是多么美丽的花。蜂儿来向我祝贺,蝶儿来向我祝贺;但是我要说,这每一朵美丽的花,不一定能结出丰硕的果,也有几朵谎花呢。

七

别以为这块土地上,有着污水、腐叶、牛粪;我说,这些不干净的东西,却正使土地肥沃起来了。别以为我的身边挤满了荆棘、藤蔓;我说,这些恶劣的玩意,却正使我努力地长直躯干了。

八

我还落过叶的呢。这却并不是我已老朽,我的落叶是我一年一度送给这块土地的礼物,也是我向世界送去欢呼新陈代谢的海报。瞧哟,离去了一片叶子,留给我一点点小小的伤疤,可是,就在那伤疤的四周,汁液已经溢出,皮肉已经愈

合，在等待着春天里的新生呢！

九

啊，我长得多么精神，在辛勤的农夫的眼光下。

试问，在这块土地上，谁的身有我高呢？谁的根有我深呢？

我的目标永远在天空。我会绿了这整个土地的。

十

你知道吗，我是什么？我就是我，社会主义。中国便是我身下的这块土地。栽我培我的只有你呀，农夫，我亲爱的党。

■《在这块土地上》

能很快治好当然好，一时治不好就与病和平共处，受折磨要认定是天意就承受折磨，最后若还治不好，大不了不就是死么，活着都不怕还怕死?！至于做好事我做得更好，能帮别人的事就帮别人的事，帮不了别人的事就倾听别人诉说，与生人相处要尊重生人，与熟人相处要宽容熟人。要求朋友不能像要求家人，要求家人不能随心所欲，修炼大胸襟为目标，爱个小零钱就停止。

■《佛像》

"与病和平共处"，闻所未闻，却值得人玩味。

> 这是平凹写过的祷词，于此足见平凹柔软的心。

神啊，当你降临在了大堂，一切安谧祥和就弥漫在空气之中。敬燃了香炷，霭蓝的轻缕袅袅而起，我听见了来自悠远的响动，它悄无声息又惊涛裂岸，我看见了广邈的土地和江河，高阔的天空和星界。是谁在唤我的名字——平凹，平凹——英明伟大的神啊，我原来是你的孩子！我默默地呼吸着，静静地用身与心体会，不断生出的疑惑、烦恼、卑怯、愚昧在消化，滋长的是灵魂的安妥，文学的智慧，生命的健康和欢乐。多么感谢你啊，神，我来源于爱，承受着爱，我将永远爱着你和你创造的这个无所不在的世界。

■《〈高老庄〉再版序》

> 助人为乐，乐可治病。

在中国的文坛上，我是著名的病人。几十年过去了，虽活得不痛快，但却总活着，而且是越活越见了精神。许多人都在询问我治病的良方，良方是有的，以前秘而不宣，现在可以悄声说：多帮助人。多帮助了人，心情愉快，慢性的病它慢慢地就好起来了。

■《释画》

好多人在说自己孤独，说自己孤独的人其实并不孤独。孤独不是受到了冷落和遗弃，而是无知己，不被理解。真正的孤独不言孤独，偶尔作些长啸，如我们看到的兽。

弱者都是群居着，所以有芸芸众生。弱者奋斗的目的是转化为强者，像蛹向蛾的转化，但一旦转化成功了，就失去了原本满足和享受欲望的要求。国王是这样，名人是这样，巨富们的挣钱成了一种职业，种猪们的配种更不是为了爱情。

尘世上并不会轻易让一个人孤独的，群居需要一种平衡，嫉妒而引发的诽谤、扼杀、羞辱、打击和迫害，你若不再脱颖，你将平凡，你若继续走，走，终于使众生无法赶超了，众生就会向你欢呼和崇拜，尊你是神圣。神圣是真正的孤独。

走向孤独的人难以接受怜悯和同情。

■《孤独地走向未来》

> 如此理解孤独，才不至于自寻烦恼，也不至于作茧自缚。

人在身体好的时候，身体和灵魂是统一的，也可以说灵魂是安详的，从不理会身体的各个部位，等到灵魂清楚身体的各个部位，这些部位肯定是出了毛病，灵魂就与身体分裂，出现烦躁，时不时准备着离开了。我常常在爬楼时觉得，身

贾平凹妙语

鬼才，文思匪夷所思，神奇的文字里，透视着神奇的人生哲理。

子还在第八个梯台，灵魂已站在第十个梯台，甚至身子是坐在椅子上，能眼瞧着灵魂在房间里走来走去。曾经约过一些朋友去吃饭，席间有个漂亮的女人让我赏心悦目，可她一走近我，便"贾老贾老"地叫，气得我说：你要拒绝我是可以的，但你不能这样叫呀！我真是害怕身子太糟糕了，灵魂一离开就不再回来。

■《五十大话》

说得真好，从这段文字里，能觉悟到人一生的宿命。

当五十岁的时候，不，在四十岁之后，你会明白人的一生其实干不了几样事情，而且所干的事情都是在寻找自己的位置。造物主按照这世上的需要造物，物是不知道的，都以为自己是英雄，但是你是勺，无论怎样地盛水，勺是盛不过桶的。性格为生命密码排列了定数，所以性格的发展就是整个命运的轨迹。不晓得这一点，必然沦成弱者，弱者是使强用狠，是残忍的，同样也是徒劳的。我终于晓得了，我就是强者，强者是温柔的，于是我很幸福地过我的日子。

■《五十大话》

谄固可耻，傲亦非分，最好的还是萧然自远。别人说我好话，我感谢人家，必要自问我是不是有他说的那样？遇人轻我，肯定是我无可重处。不再会为文坛上的是是非非烦恼了，做车子的人盼别人富贵，做刀子的人盼别人伤害，这是技术本身的要求。若有诽谤和诋毁，全然是自己未成正果，一只兔子在前边跑，后边肯定有百人追逐，不是一只兔子可以分成百只，是因为这只兔子的名分不确定啊。在屋前种一片竹子不一定就清高，突然门前客人稀少，也不是远俗了，还是平平常常着好，春到了看花开，秋来了就扫叶。

■《五十大话》

> 这就是平常心了，人要做到不容易。

病是生与死之间的一种微调，它让我懂得了生死的意义，像不停地上着哲学课。

> 一句话，却道出禅，石破天惊之妙。

我写文章，现在才知道文章该怎么写了，活人也能活得出个滋味了，所以我提醒自己：要会欣赏。鸟儿在树上叫着，鸟儿在说什么话呢？鸟的语言我是不懂的，我只觉得它叫得好听就是了，做一个倾听者。

■《五十大话》

> 活人的境界，就是"做一个倾听者"。

贾平凹妙语

舍了，所以得了。舍得，直指人心，警示人心，贯通人心。悟了舍得，心灵便会像水一样清澈流畅。

世界是阴与阳的构成，人在世上活着也就是一舍一得的过程。我们不否认我们有着强烈的欲望，比如面对了金钱，权势，声名和感情，欲望是人的本性，也是社会前进的动力。但是，欲望这头猛兽常常使我们难以把握，不是不及，便是过之，于是产生了太多的悲剧：有人愈是要获得愈是获得不了；有人终于获得了却大受其害。会活的人，或者说取得成功的人，其实懂得了两个字：舍得。不舍不得，小舍小得，大舍大得。翻读古书，历史上有过了许多著名人物，韩信能胯下受辱方成大器；勾践卧薪尝胆终得灭吴；田忌与齐王赛马，以下驷对齐上驷，上驷对齐中驷，中驷对齐下驷，舍了小负之悲，得了全胜之喜。人是如此，万事万物何尝不也是这样呢？蛇是在蜕皮中长大，金是在沙砾中淘出，按摩是疼痛后的舒服，春天是走过冬天的繁荣。回顾我们经历过的事吧，许多时候我们因没有小忍而坏了大谋，许多时候我们吃了一点亏懊丧不已不久却赢取了利好，为了保持我们的本身没有被一时的浮华迷惑，声名太盛则又使我们失去了行动的自在。舍舍得得，得得舍舍就充满在我们琐碎的日常生活中，演绎着成功和失败的故事啊，舍得实在是一种哲学，也是一种艺术。

■《说舍得》

一个警察直着眼就走过来。"把你的刀子交出来！"警察说。老木的提包里是装着一把刀子的，刀子很长，刀把露在提包外。刀子便被警察没收了。老木莫名其妙：为什么要收没刀子？警察说："带刀子上街有抢劫的嫌疑！"老木就愤怒了："那我还带着生殖器的，也该怀疑是强奸犯啦？！"

◼《老木的故事》

> 平铺直叙，却波澜起伏，这就是平凹为文的妙处。

　　我们常说智慧，智慧不是聪明，智慧是你人生阅历多了，能从生活里的一些小事上觉悟出一些道理来。这些体会虽小，慢慢积累，你就能透彻人生，贯通世事。

◼《对"陕西智性书写展"的看法》

> 智慧不是聪明，智慧是觉悟。

　　任何名字都意义不大，而在于它的实质。你就是叫大平，你依然不能当国家主席，邓小平叫小平，他却改变了中国。

◼《对"陕西智性书写展"的看法》

> 名只是符号，如何使名至实归才是重要的。

贾平凹
妙语

文学艺术的最高境界恐怕就在此！

昨天，我和女儿又去了一趟西北大学，路过了那座楼。楼是旧了，周围的环境也面目全非。问起三单元五层房间的主人，旁人说你走后住了一个教授，那个教授也已搬走了，现在住的是另一个教授。但楼前的三棵槐树还在，三棵槐树几乎没长，树上落着一只鸟，鸟在唱着。我说："唱的好！"女儿说："你能听懂？"我说："我也听不懂，但听着好听。"

■《〈废都〉再版序》

这便是平凹，总是在不经意处，有神来之笔！

在四楼的楼梯口上，隔壁的那位教授（他竟然正是数学系的教授！）正逗他的小儿玩耍。他指着小儿身上的每一个部位对小儿说："这是你的头，这是你的眼，这是你的鼻子……"小儿却说："都是我的，那我呢，我在哪儿？"教授和我都噎在那里，亏得屋里的电话急促地响起来，我就那么狼狈地逃走了。

■《我是农民》

世上的万物都是来自于土，树木、鱼虫和人物，末了又归之于土，我们都不过是尘土的一场梦幻。

◼ 《我是农民》

平淡中见天机，使人不能不"触目惊心"！

我至今仍顽固地认为，乡下的女人，在二十五岁以前，她们是美好的；二十五岁到五十五岁之间，则集中了世上所有毛病一起爆发；而五十五岁以后，善良和慈祥又恢复上身，成了菩萨。

◼ 《我是农民》

奇妙的发现！

在苦难中，精神并不一定是苦难，这犹如肮脏的泥潭里生出的莲却清洁艳丽。

◼ 《我是农民》

平凹式格言。

妙语

上帝要你写字，就给了你写字的机遇，但你也得有这个天分。

　　每个人活在世上都是有他天生的一分才能的，但才能会不会挖掘和表现出来却不是每个人都能如愿的。极少数的人获得了展示他才能的机会和环境，他就是成功者；大多数的人是有锅盔时没牙或有牙了没锅盔，所以芸芸众生。我的才能平平，但我的好处是我喜欢文字，而能很早地就从事文字工作；以至后来就读文科大学，毕业后又一直没有离开过这个行当。这犹如是相府的丫鬟久而久之也有了官宦贵气，小姐闺房里的苍蝇也喜欢了在菱花镜子上停落弄姿。

■《我是农民》

人，不能胜天，大实话里边，有着真理的觉悟。

　　上帝看我们，如同我们看蝼蚁，人实在是渺小，不能胜天。往日的张狂开始收敛，那么多的厌恼和忧愁终醒悟了不过是无病者的呻吟。

■《西路上》

　　到了现在的社会，人的感觉里地球十分狭小，城市的居民们没法奢想那野山野水的自然，却谁也盼望着在自己的住所前后有一块方圆之地。或者种些菜蔬，或者植些花草，或者什么也不装饰，裸空出那一方净土：一切都是自己心性的经营，喜怒哀乐皆放松自由，很受活。这当然不是一种逃避，恰是真的灵性，顽得幼稚天真，实在是太难得，虽是有些许小家气之嫌。

■ 《〈守顽地〉序》

人要活得滋润，得先拥有自己的"顽地"。

古书上讲：人为灵，鸟为半灵。世上生万种动物，有比人更大的要吃人，如虎狼；有比人更小的也要吃人，如虱蚊；鸟虽然小，小鸟依人。但小鸟并不有所谋图，狗忠诚是为了依仗人势，猫为了能卖弄媚态而待人温顺，鸟有美喉，原本不是取悦人的，它发情寻偶，响的是生命之声。

■ 《〈笼鸟赏玩〉序》

发人之未发，道人之不能道也。

有一种病，在身上七年八年不愈，要想想，这一定是有原因了。泄露了不该泄露的天的机密？说破了不该说破的人的隐私？上帝的阴谋最多可以意会而不能言传的。那么，这病就特别的有意义，自感是一位先知先觉，勇敢的普罗米修斯，甘受惩罚吧。或许，人是由灵魂和肉体两方面结

妙语 ▪

真是奇思妙想呵，却又入情入理。

合的，病便是灵魂与天与地与大自然的契合出了问题，灵魂已不能领导肉体所致，一切都明白了吧，生出难受的病来，原来是灵魂与天地自然在作微调哩。

真如果这么对待生病，有病在身就是一种审美。静静地躺在床上，四面的墙涂得素白，定着眼看白墙，墙便不成墙——如盯着一个熟悉的汉字就要怀疑这不是那个汉字——墙幻作驻云，恰有白衣白帽白口罩的"天使"女子送了药来。吊针的输液管里晶莹的东西滴滴下注，作想这管子一头在天上，是甘露进入身子。有人来探视，却突然温柔多情，说许多受感动的话，送食品，送鲜花。生了病如立了功，多么富有，该干的事都不干了，不该享受的都享受了，且四肢清闲，指甲疯长，放下一切，心境恬淡，陶渊明追求的也不过这般悠然。

最妙的是太阳暖和，一片光从窗子里进来跌在地上，正好窗外有一株含苞的梅，梅枝落雪，苞蕾血红，看做是敛羽静立的丹顶鹤，就下床来，一边掖下坠的衣襟一边在光里捉那鹤影。刚一闷住，鹤影已移，就体会了身上的病是什么形状儿的，如针隙透风，如香炉细烟，如蚕抽丝，慢慢地离你而去的呢。

暂不要来人的好，人越多越寂寞，摆一架古琴也不必装弦，用心随情随意地弹。直挨到太阳转黑月亮升起，插一盘小电炉来煎中药，把带耳带嘴的砂锅用清水涤了又涤,药浸泡了,香点燃了,选一个八卦中的方位和时分,放上砂锅就听叽叽咕咕的响声吧。药是山上的灵根异草,采来就召来了山川丛林中的钟毓光气,它们叽咕是酝酿着怎么扶助你,是你的神仙和兵卒。煎过头遍,再煎二遍,满屋里浓浓的味,虽然搅药不能用筷子,更不得用双筷——双筷是吃饭的——用一根干桃棍儿慢慢地搅,那透过蘸湿了的蒙在砂锅上的麻纸的蒸汽弥漫,你似乎就看到了山之精灵在舞蹈,在歌唱,唱你的生命之曲。

躺在床上吧,心可以到处流浪,你无处不在,无所不能,从未有过这般的勇敢和伟大,简直可以要作一部类屈原的《离骚》。当你游历了天上地下,前世和来世,熄了灯要睡去了,你不妨再说一些话的,给病着的某一部位说话。你告诉它:×呀,你对我太好了,好得使我一直不觉得你的存在。当我知道了你的部位,你却是病了。这都是我的错,请你原谅。我终于明白了在整个身子里你是多么的重要,现在我要依靠你了,要好好保护你了,一切都拜托你了,×!人的身体每一处都会说话,除嘴有声外,各部无音,但所有的部位都能听懂话的,于是感受会告诉心和大脑,那有病的部位精神焕发,有了千军万马的英雄在同病毒战斗。什么"用人不疑"的仁,什么"士为知己者死"的义,瞬间里全体会得真切和深刻。

生病到这个分上,真是人生难得生病,西施

那么美，林妹妹那么好，全是生病生出了境界，若活着没生个病，多贫穷而缺憾。佛不在西天和经卷，佛不在深山寺庙里，佛在熙熙攘攘的人群中，生病只要不死，就要生出个现世的活佛是你的。

◼《说生病》

社会是各色人等组成的，是什么神就归什么位，父母生育儿女，生下来、养活大，施之于正常的教育就完成了责任，而硬要是河不让流，盛方缸里让成方，装圆盆中让成圆，没有不徒劳的。如果人人都是撒切尔夫人，人人都是艺术家，这个世界将是多么可怕！接触这样的大人们多了，就会发现，愈是这般强烈地要培养儿女的人，愈是这人活得平庸。他自己活得没有自信了，就将希望寄托在儿女身上。这行为应该是自私和残酷，是转嫁灾难。

◼《说孩子》

望子成龙固然是人之常情，但常情往往悖于常理。

人是很难认识自己的，这如眼睛看不见眼睛一样。但认识自己，设计自己却是人至关重要的事！天才不是三百年才出现一个两个的，天才是每个人都存在的，关键是否发现自己身上的天才。遗憾的是很多很多的人至死没有发现和发展自己的天才，所以，伟大的人物总是少，众生才芸芸。

■《说孩子》

人长了眼睛，眼睛只会看别人。

人与石头确实是有缘分的。这些石头能成为我的藏品，却有一些很奇怪的经历，今日我有缘得了，不知几时缘尽，又归落谁手？好的石头就是这么与人产生着缘分，而被人辗转珍藏在世间的。或许，应该再换一种思维，人与自然万物的关系不仅仅是一种和谐，我们其实不一定是万物之灵，只是普通一分子，当我们住进一所房子后，这房子也会说：我们有缘收藏了这一个人啊！

■《记五块藏石》

不是警句，却警醒人心。

贾平凹妙语

做人难就难在这里。无自知之明，只能做蠢事。

　　大凡世上，做愚人易，做聪明人难，做小聪明易，做聪明到愚人更难。鸿雁在天上飞，麻雀也在天上飞，同样是飞，这高度是不能相比的。雨点从云中落下，冰雹也从云中落下，同样是落，这重量是不能相比的。昙花开放，月季花也开放，同是开放，这时间的长短是不能相比的。我能知道我生前是何物所托吗？我能知道我死后会变为何物吗？对着初生婴儿，你能说他将来要做伟人还是贼人吗？大河岸上，白鹭飞起，你能预料它去浪中击水呢，还是去岩头伫立？你更可以说浪中击水的才是白鹭，而伫立于岩头的不是白鹭吗？

■《自在篇》

借题发挥，妙在讽刺却不动声色。

　　病何尝又不是好事呢？大桥理应要牢固，车行其上而觉闪动的，这是桥病，但桥面闪动桥则更耐用。摩天高楼理应稳定，居之楼顶而觉晃摆的，这是楼病，但楼顶晃摆，楼则更安全。试想人要是没病，那怎么去死呢？人若不死，又不停繁殖，那会是什么灾难呢？据民间的故事说，某人总是不死，阎王爷也觉奇怪，偶尔翻生死簿才发现其人名字被写在了装订线下，阎王爷就大叫失职了。不妨可以这么说，抛开一般人常说的这

样病那样病，睡觉何尝不就是人之病呢？拉屎撒尿何尝不就是人之病呢？人活着，睡觉就占去了一半时间，要误多少工作呀！香的辣的吃喝到肚里却要拉撒还不是浪费了呀！既然这些称之为人之病了，而人谁不觉得睡觉是很重要的，谁又觉得拉撒是一种挥霍呢？

◼ 《谈病》

体育本来是锻炼身体，增强体质的，可运动员却没有一个最后是身体康健。运动员完全为观众活着，赢了，被欢呼为英雄，输了，被唾骂为狗熊；众目睽睽之下，观众要求永远得赢。输赢对于运动员都是经过了常人无法想见的艰辛困苦，但观众不需要知道这些；运动员虽有天赋高低区别，却都是为着赢而拼命的，但观众还是不需要知道这些。观众要释放自己的激动和发泄自己的愤怒！一样的运动员，有的可以捧上水面，有的可以棒打水底；一个运动员，呈献鲜花的是观众，泼洒粪水的也是观众。

◼ 《运动员和观众的哲学》

体育如此，社会何尝不如此？叹息。

妙语

看人就是看众生相。真是"横看成岭侧成峰，远近高低各不同"呵！

街头上的人接踵往过走，少小时候，大人们所讲过的队伍莫非如此？可这谁家的队伍没完没了，从哪里来，往哪里去？地理学家十次八次在报纸上惊呼：河流越来越干涸了。城市是什么，城市是一堆水泥，水泥堆中的人流却这般汹涌！于是你做一次孔子，吟"逝者如斯夫"，自觉立于岸上的胸襟，但瞬间的灿烂带来的是一种悲哀：这么多的人你一个也不认识呀，他们也没一个认识你，你原本多么自傲，主体意识如何高扬，而还是作为同类，知道你的只是你的父母和你的妻子儿女，熟人也不过三五数。乡间的葬礼上常唱一段孝歌，说："人活在世上有什么好，说一句死了就死了，亲戚朋友都不知道。"现在你真正体会到要出眼泪了。

姑且把悲苦抛开吧，你毕竟是来看人的风景的。你首先看到的是人脸，世上的树叶没有两片相同，人脸更如此，有的俊，有的丑，俊有不同的俊，丑有不同的丑，但怎么个就俊了丑了？你看着看着，竟不知道人到底是什么，怀疑你看到的是不是人？这如同面对了一个熟悉的汉字，看得久了就不像了那个汉字。勾下头，理性地想想，人怎么细细的一个脖子，顶一个圆的骨质的脑袋，脑袋上七个洞孔，且那么长的四肢，四肢长到梢末竟又分开岔来，形象多么可怕！更不敢想，人的不停地一吸一呼，其劳累是怎样的妨碍着吃饭、说话和工作啊！是的，人是有诸多的奇妙，却使作为具体的人时不易察觉而忽疏了。在平常的经验里，以为声音在幽静时听见，殊不知嚣杂之中更是清晰，不说街头的脚步声、说话声和车子声（这些声音往往是嗡嗡一团），你只需闭上眼睛，立即就坠入一种奇异的境界，听得到脖子扭动的声，头发飘逸的声，衣服的磨蹭声，这声音不仅来自你耳朵的听觉，似乎是你全身的皮肤。由此，你有了种种思想，乜斜了每个人的形形色色的服饰，深感到人在服饰上花费的精力是不是太多了呢，为什么不赤裸最美好的人的身体呢，若人群真赤裸了身体，街头又会是什么样的秩序呢？据说人是曾有过三只眼的，甚至双乳也作目用，什么原因又让其日渐退化消亡？小时候四条腿，长大了两条腿，到老了三条腿，人的生存就是这么越来越尴尬。谁也知道那漂亮的衣服里有皱的肚皮，肚皮里有嚼烂的食物和食物沦变的粪尿，不说破就是文明，说穿就是粗野；小孩无顾忌，街头上可以当众掀了裤裆，无知者无畏，有畏就是有知吗？树上有十只鸟，用枪打下一只鸟，树上是剩有九只鸟还是一个鸟也没有，这问题永远是大人测验小孩的试题，大人们又能怎样地给自己出类似的关于自身的考问呢？突然间，你有了一种醒悟，熊掌的雄壮之美是熊的生存需要而产生的，鹤足的健拔之美是鹤的生存需要而自然形成，人的异化是人的创造的文明所致，人是病了。人真的是病了，你静静地听着，街头的人差不多都在不断地咳嗽。

◼《看人》

妈妈，你说树上的苹果红的那边是太阳晒的。那胡萝卜在地里长着，为什么也是红的？

妈妈，你说公鸡叫了天就亮了。那叫鸣的公鸡已经死了，为什么天也亮了？

妈妈，你说我不应该这样提问题，因为做妈妈的是不会错的。那我也是不会错的了，因为我将来也是要做妈妈的呢。

◼《问》

> 天问，只能意会，不能回答，也无须回答。

我坐在地上，咀嚼着老头的话，想这地平线，真是个谜了。正因为是个谜，我才要去解，跑了这么一程。它为了永远吸引着我和与我有一样兴趣的人去解，才永远是个谜吗？

从那以后，我一天天大起来，踏上社会，生命之舟驶进了生活的大海。但我却记住了这个地平线，没有在生活中沉沦下去，虽然时有艰辛、苦楚、寂寞。命运和理想是天和地的平行，但又

> 人生没有尽头，所以才有了奔头！

总有交叉的时候。那个高度融合统一的很亮的灰白色的线，总是在前边吸引着你。永远去追求地平线，去解这个谜，人生就充满了新鲜、乐趣和奋斗的无穷无尽的精力。

◾《地平线》

老者又走了出来，站在月光下说："你去看看大坝里的水也好哩，那里边蓄了上百万个立方的水，静得落个树叶也能听见。可水蓄在这里，为的就是流下山去，水都恋着山下的田地庄稼，何况人呢，你要寻什么，又要想摆脱些什么？你走到哪儿，不是脚下都带着影子吗？你走了一路，哪一夜月亮不相随着你呢？"

◾《夜的云观台》

由水的归去，隐喻人的宿命。

月，夜愈黑，你愈亮，烟火熏不脏你，灰尘也不能污染你，你是浩浩天地间的一面高悬的镜子吗？

你夜夜出来，夜夜却不尽相同：过几天圆了，过几天亏了；圆的那么丰满，亏的又如此缺陷！我明白了，月，大千世界，有了得意有了悲哀，

> 想起了苏东坡的词:"人有悲欢离合,月有阴晴圆缺,此事古难全。"

你就全然会照了出来的。你照出来了,悲哀的盼着你丰满,双眼欲穿;你丰满了,却使得意的大为遗憾,因为你立即又要缺陷去了。你就是如此千年万年,陪伴了多少人啊,不管是帝王,不管是布衣,还是学士,还是村儒,得意者得意,悲哀者悲哀;先得意后悲哀,悲哀了而又得意……于是,便在这无穷无尽的变化之中统统消失了,而你却依然如此,得到了永恒!

■《对月》

> 人生天地间,生老病死,轮回如月,叹!

试想,绕太阳而运行的地球是圆的,运行的轨道也是圆的;在小孩手中玩弄的弹球是圆的,弹动起来也是圆的旋转。圆就是运动,所以车轮能跑,浪涡能旋。人何尝不是这样呢?人再小,要长老;人老了,却有和小孩一般的特性。老和少是圆的接榫。冬过去了是春,春种秋收后又是冬。老虎可以吃鸡,鸡可以吃虫,虫可以蚀杠子,杠子又可以打老虎。就是这么不断的否定之否定,周而复始,一次不尽然一次,一次又一次地归复着一个新的圆。

■《对月》

人文

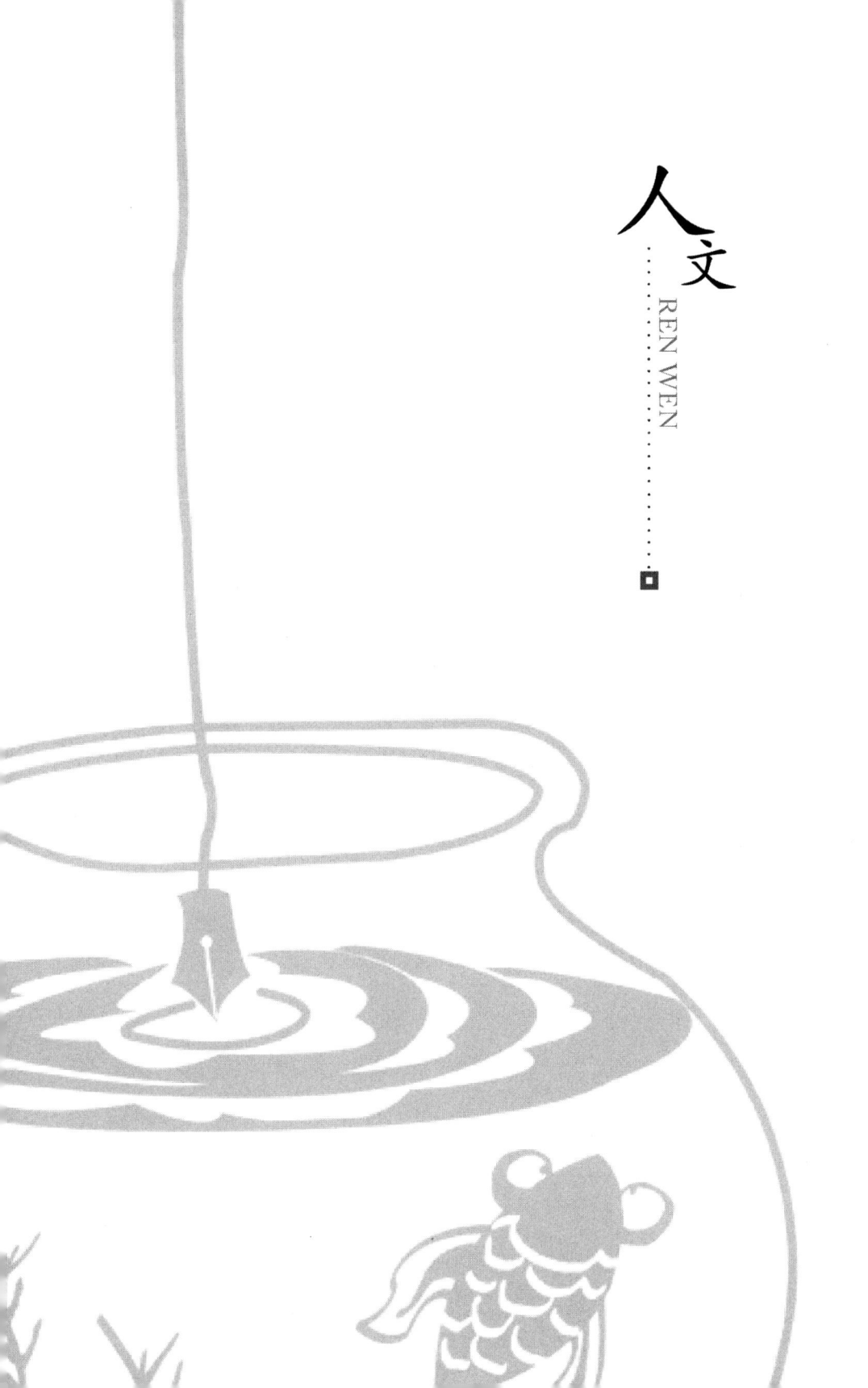

REN WEN

吃茶是大有名堂的。和尚吃茶是一种禅,道士吃茶是一种道,知识分子吃茶是一种文化,共产党员吃茶是一种清廉。

古人的经验里，石无言，石却是"孕璜"，有着太丰富的内涵，如果我们相信《西游记》《红楼梦》中关于石头的故事有一定的道理，那么试想一想，在水如天上来的黄河的源头乃至整个流域的山山岭岭上，这些石头进入河道经过漫长的岁月和漫长流程的打磨，你不知道它在哪一年哪一月在哪一处河湾里停驻，某个人就偶尔地得到了！这样的得到就是一份缘分，而这缘分常常令我们感到一种惊疑：是某一块石头在等待某一个人呢，抑或是某一个人在等待某一块石头？

■《〈黄河奇石〉序》

> 石破天惊，大道示人，石头里有大学问。

孙犁敢把一生中写过的所有文字都收入书中，这是别人所不能的。在中国这样的社会里，经历了各个时期，从青年到老年，能一直保持才情，作品的明净崇高，孙犁是第一人。

■《孙犁的意义》

> 评价人不需要形容词，放在语境里，寥寥几个字，就"高峡出平湖"了。

妙语

借木喻人才，妙也！

火而有焰，文是人的精神之光。

穷山恶水是产不出佳木的，平原上的村多横长，深山的树多高直，戈壁滩上长的骆驼草，太白山顶上的树只有一个高。

■《沈从文的文学》

不是人在收藏物，是物在收藏人。

从大的方面讲，大自然的东西是无法收藏的，终要归于大自然，从小的方面讲，一切收藏，并不是人在收藏物，则是物在收藏人。

■《〈黄河奇石〉序》

事例胜于雄辩。

什么样的人可以当作家？可以说有各种各样的，如托尔斯泰是贵族，如司马迁受过屈辱，如屈原不被重视，如曹雪芹经历了繁华与败落。

■《沈从文的文学》

我是没有见过沈从文的，当年一个朋友去北京见过他，回来说：老头像老太太，坐在那里总是笑着，那嘴皱着，像小孩的屁股。我告诉说那是他活成神仙了。有一个很奇怪的现象，凡是很杰出的人，晚年相貌都像老太太。我说这些是什么意思呢？说明沈从文不是个使强用狠的人，不是个刻薄钻刁的人，他善良温和，感受灵敏，内心丰富，不善交际，隐忍静虑，这就保证了，他作品阴柔性温暖性，神性和唯美性。

■《沈从文的文学》

平凹笔下的沈从文。

　　有一次我在一家宾馆见着几个外国人，他们与一女服务生交谈，听不懂西安话，问怎么不说普通话呢？女服务生说：你知道大唐帝国吗？在唐代西安话就是普通话呀！这时候一只苍蝇正好飞落在外国一游客的帽子上，外国人惊叫这么好的宾馆怎么有苍蝇，女服务生一边赶苍蝇一边说：你没瞧这苍蝇是双眼皮吗，它是从唐朝一直飞过来的！

■《老西安》

幽默的话里，透视的不仅仅是西安人天生的历史优越感，还有一种长期积淀的人文底蕴！

妙语

活活地勾画出北京人的神态。

我第一次去北京,我要去天桥找个熟人,不知怎么走,问起一个袒胸露乳的中年汉子:"同志,你们北京天桥怎么去?"他是极热情的,指点坐几路车到什么地方换坐几路车,然后顺着一条巷直走,向左拐再向右拐,如何如何就到了。指点完了,他却教导起了我:"听口音是西安的?边远地区来不容易啊,应该好好逛逛呀!可我要告诉你,以后问路不要说你们北京天桥怎么去,北京是我们的,也是你们的,是全国人民的,你要问就问:同志,咱们首都的天桥在什么地方,怎么个走呀!"

■《老西安》

幽默显于细枝末节,让人想笑却笑不出来!

夜里回来,门房的老头坐在灯下用一个卤鸡脚下酒喝,见着我了硬要叫我也喝喝,我说一个鸡脚你嚼着我拿什么下酒呀,他说我这里有豆腐乳的,拉开抽屉,拿一根牙签扎起小碟子里的一块豆腐乳来。我笑了,没有吃,也没有喝,聊开天来。他知道了我是西安人,眼光从老花镜的上沿处盯着我,说:西安的?听说西安冷得很,一小便就一根冰拐杖把人撑住了?!我说冷是冷,但没上海这么阴冷。他又说:西安城外是不是戈壁

滩?! 我便不高兴了，说，是的，戈壁滩一直到新疆，出门得光膀子穿羊皮袄，野着嗓子拉骆驼哩！他说：大上海这么大，我还没见过骆驼的呢。

◾《老西安》

我向来看一棵树一块石头不自觉地就将其人格化，比如去市政府的大院看到一簇树枝柯交错，便认定这些树前世肯定也是仕途上的政客；在作家协会的办公室看见了一只破窗而入的蝴蝶，就断言这是一个爱好文学者的冤魂。那么，城市必然是有灵魂的，偌大的一座西安，它的灵魂是什么呢？

◾《老西安》

> 多么奇妙的联想！

帝王陵墓选择了好的风水地，阴穴却并不一定就是好的阳宅地，这些村庄破破烂烂，没一点富裕气象，眼前的这位小牧羊人形状丑陋，正是读书的年龄却在放羊了！我问他："怎么不去上学呢？"他说："放羊哩嘛！""放羊为啥哩？""挤奶嘛！""挤奶为啥哩？""赚钱嘛！""赚钱为啥哩？""娶媳妇嘛！""娶媳妇为啥哩？""生娃嘛！""生

> 的确让人心酸。

娃为啥哩?""放羊嘛!"我哈哈大笑,笑完了心里却酸酸的不是个滋味。

◼《老西安》

我就常常作想:人间的东西真是奇妙啊,我们在生活着,可这座城是哪一批人修筑的?穿的衣服,衣服上的扣子,做饭的锅,端着的碗,又是谁第一个发明的呢?我们活在前人的创造中而我们竟全然不知!人人都在说西安是一座文化积淀特别深厚的城市,但它又是如何一点一点积淀起来呢?文物是历史的框架,民俗是历史的灵魂,而那些民俗中穿插的人物应该称做是贤德吧?流水里有着风的形态,斯文里留下了贤德的踪迹,今日之夜,古往今来的大贤大德们的幽灵一定就在这座城市的空气里。

◼《老西安》

人间确实奇妙呵!

靠南一点就太南了,靠北一点就太北了,恰到好处地建筑于中国的中心;又不傍山,又不临海,偏偏就占据着关中的皇天后土;再有一个南的大雁塔作印石,再有一个东的华清池作印泥,

这不把中华文化古都永远镇守住了？西安人自豪他们这座城，而最夸耀的是这座城的四面固若金汤的城墙：城之所以为城，就是因为有城墙，西安是名副其实的城啊！

■《这座城的墙》

妙笔写出来的就是妙文。

在现今社会，记下历史的一笔的，最直接也最逼真的是摄影家，但摄影家本身的一笔，却常常被抹杀。眼睛看到的是世界上的一切，唯独眼睛看不见自己，眼睛的重要以致让人忘却它的重要。摄影家的伟大在于此，摄影家的可悲也在于此。

■《〈陕西摄影人物传〉序》

不独摄影家，多少人为他人作嫁衣，还不如摄影家。

有人收集世间万物之声再集中释放了给人听，这就是音乐家。我敬畏声音，也敬畏音乐家。音乐家从事的是第一流艺术，小说家只是小小地在说话，说话当然是音乐之一，但既是之一，所以沦为艺术的末流，是应该的。

■《对音乐之见》

连声音都敬畏的人，如何不令人敬畏呢？

> 看似寻常话，却存常道焉。

吃茶是大有名堂的。和尚吃茶是一种禅，道士吃茶是一种道，知识分子吃茶是一种文化，共产党员吃茶是一种清廉。所以，吃茶是品格的表现，是情操的表现，是在混浊世事中的清醒的表现。

■《茶话》

> 这样去解读《废都》，可能就不会误读《废都》。

西安可说是一个典型的废都，而中国又可以说是地球格局中的一个废都，而地球又是宇宙格局中的一个废都吧。

■《与田珍颖的通信（一）》

陕西的黄土原，有的是大唐的陵墓，仅挖掘的永泰公主的，章怀太子的，懿德太子的，房陵公主的，李寿、李震、李爽、韦炯、章浩的，除了一大批稀世珍宝，三百平方米的壁画就展在博物馆的地下室。这些壁画不同于敦煌，墓主人都是皇戚贵族，生前过什么日子，死后还要过什么日子，壁画多是宫女和骏马。有美女和骏马，想想，这是人生多得意事！去看这些壁画的那天，

馆外极热，进地下室却凉，门一启开，我却怯怯地不敢进去。看古装戏曲，历史人物在台上演动，感觉里古是古，我是我，中间总隔了一层，在地下室从门口往里探望，我却如乡下的小儿，真的偷窥了宫里的事。"美女如云"，这是现今描写街上的词，但街上的美女有云一样的多，却没云那样的轻盈和简淡。我们也常说："唐女肥婆"，甚至怀疑杨玉环是不是真美？壁画中的宫女个个个头高大，耸鼻长目，丰乳肥臀，长裙曳地，仪表万方，再看那匹匹骏马，屁股滚圆，四腿瘦长刚劲，便得知人与马是统一的。唐的精神是热烈、外向、放恣而大胆的，它的经济繁荣，文化开放，人种混杂，正是现今西欧的情形。我们常常惊羡西欧女人的健美，称之为"大洋马"，殊不知唐人早已如此。女人和马原来是一回事，便可叹唐以后国力衰败，愈是被侵略，愈是向南逃，愈是要封闭，人种退化，体格羸弱。有人讲我国东南一隅以及南洋的华侨是纯粹的汉人，如果真是如此，那里的人却并不美的。说唐人以胖为美，实则呢，唐人崇尚的是力量。马的时代与我们越来越远了，我们的诗里在赞美着瘦小的毛驴，倦态的老牛，平原上虽然还有着骡，骡仅是马的附庸。

■《壁画》

壁画，美女，骏马，平凹的才思极尽唐人的风韵、气象。

贾平凹妙语

文学的笔意，史学的眼光，虽非盖棺之语，却是独家之论。

每每浏览了陕西历史博物馆的陶俑，陕西先人也一代一代走过，各个时期的审美时尚不同，意识形态多异，陕西人的形貌和秉性也在复复杂杂中呈现和完成。俑的发生、发展至衰落，是陕西人的幸与不幸，也是两千多年的中国历史的幸与不幸。陕西作为中国历史的缩影，陕西人也最能代表中国人。十九世纪之末，中国实行改革开放政策，地处西北的陕西是比沿海一带落后了许多，经济的落后导致了外地人对陕西人的歧视，我们实在是需要清点我们的来龙去脉，我们有什么，我们缺什么，经济的发展文化的进步，最根本的并不是地理环境而是人的呀，陕西的先人是龙种，龙种的后代绝不会就是跳蚤。当许许多多的外地朋友来到陕西，我最乐意的是领他们去参观秦兵马俑，去参观汉茂陵石刻，去参观唐壁画，我说："中国的历史上秦汉唐为什么强盛，那是因为建都在陕西，陕西人在支撑啊，宋元明清国力衰退，那罪不在陕西人而陕西人却受其害呀。"外地朋友说我言之有理，却不满我说话时那一份红脖子涨脸：瞧你这尊容，倒又是个活秦兵马俑了！

◼《陶俑》

这竹子从土里一长出来，就是一株歌子，它从地里吸收七个音儿，就长出一个节来，随便砍一截儿来做个箫儿吹吹，就发出无穷无尽的音乐的。

■《空谷箫人》

妙物出妙音，妙音出妙文。

末了，坐进一家茶店去，买了茶水来饮。茶是驰名天下的紫阳青茶，甘醇爽口，一杯解渴，两杯提神，边品边想这次紫阳城一游，极有趣味，怨恨以前看的那书，尽是将紫阳委屈，误了多少人的游览。昔人讲：山不在高，有仙则名。紫阳并不大，却给人以离奇，并不繁华，却恰似热闹，可见偏僻并不等于荒寂，贫苦并不等于无乐。进而又想：虽人生之路曲曲折折，往前知去途，回首见来路，硬进而上，转身便下，只有登到顶上，更知来去之向，脉络形势，此景，此情，此理，此义，岂不是完完全全让紫阳城写照殆尽了吗？我把这想法告诉给同行们，大家都说极是，提议再下山去，重上一次，慢慢将人生体验。于是，我们三人便又下山重登了一回紫阳城。

■《紫阳城记》

读城如读人，身临其境，才能读懂其魂之所系。

> 文以载道，道在天理，所以道法自然。

我苦笑了：读书人只知道天在地的上边，地在天的下边；在上的有太阳，有月亮，有雷，有电；在下的有山川，有河流，鱼，虫，花，鸟，芸芸众人。它们是宇宙的一体，它们又平行相对。地上的水升蒸起来可以是天上云彩，载太阳东西往来，浮星月升降明灭，以此有了天，地上又有了依附，看月阴晴圆缺而消息，观日春夏秋冬而生死。但是，天一有不测风云，地便有旦夕祸福，说雨就雨，说雷就雷，地上只有默默地承受，千年如此，万年亦如此。但是，地上是苦难的，又是博大的，湖海可以盛千顷万顷的暴雨，树林可以纳千钧万钧的飓风，人的寿命是五十年，六十年，人却一代一代繁衍不绝。正是这样，仰天有象，俯地有法，天离不了地，地在天之下永存。也正是这样，天热了，地上树木便生出绿荫；天黑了，地上便有了蜡烛。冬日天冷，水可以结冰，冰下鱼照样活着。山可以驻雪，狐毛越发绒厚，花草树木可以枯死枝叶，根依然活着，即使枯死的枝叶，临死也不屈服，枝可以燃烧，发出火的热光，叶可以变红，红也是火的象征。那邻户的农人不是在地下埋上胡萝卜种，胡萝卜不也是红的颜色吗？做爸爸的读书人不是还在吟"红装素裹，分外妖娆"的诗文吗？

■《雪品》

我曾经问过老者：风是什么？来无消息，去无踪影，倏忽似弦丝弄音，倏忽又惊雷般滚过，不知道究竟是怎样个形象呢？答曰：此天籁，地籁，宇宙自然之大籁也；其本无形，形却随物而赋，你如果在山上，可以看见它托起一根羽毛袅袅，那便是温柔形象；你如果在海边，可以看见它使水浪卷扬，浩淼色变，那便是暴烈的形象。

◼ 《风竹》

只有才情笔意，才能有如比奇思妙想，才能有这样鲜活的一片文字。

世态

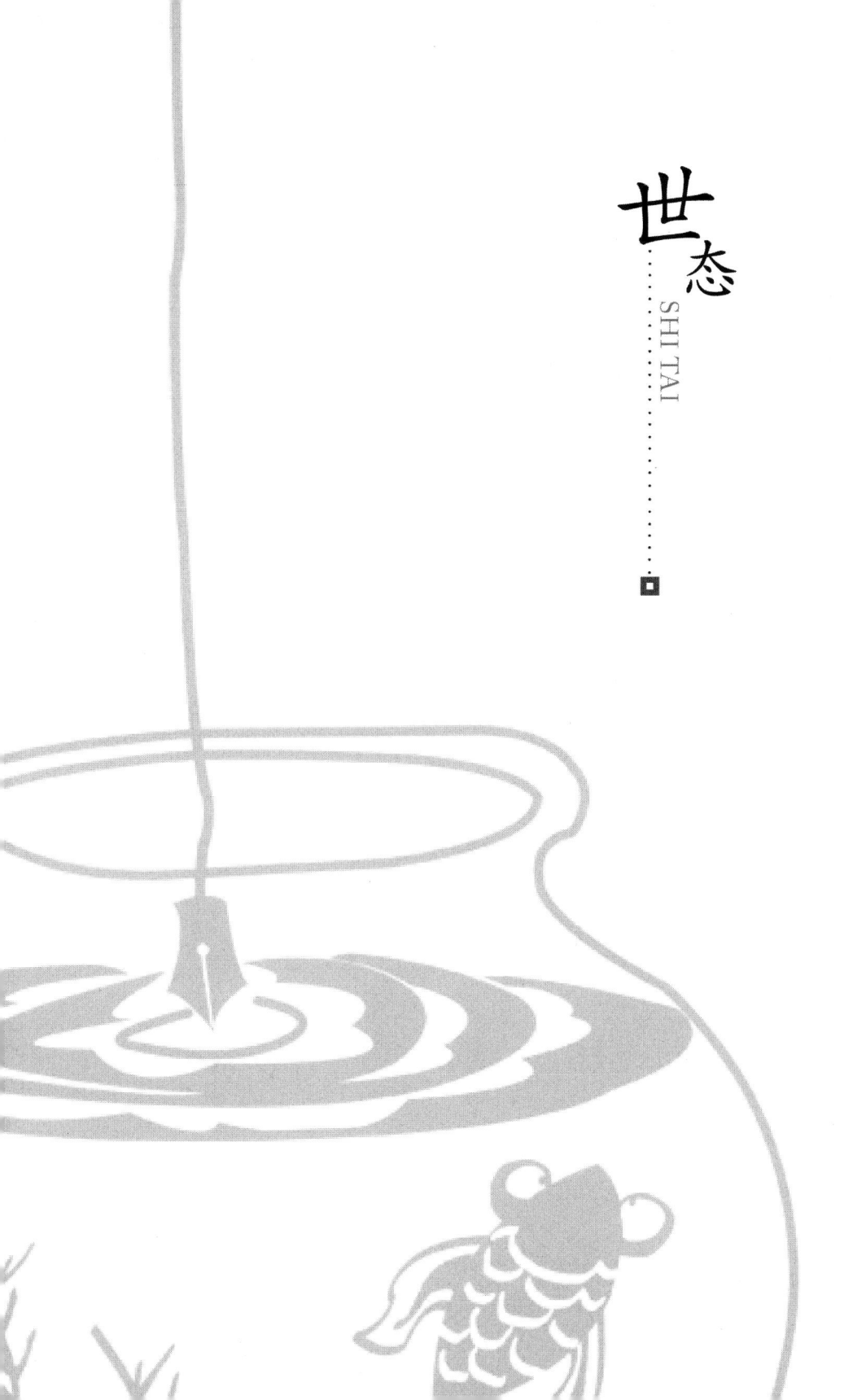

SHI TAI

请吃和吃请，都是一个吃字，人活着当然不是为了吃，但吃是活着的一个过程，人乐趣于所有事情的过程。

早晨能吃饭的是神变的，中午能吃饭的是人变的，晚上能吃饭的是鬼变的，我晚上就能吃饭，多半是鬼变的。

◨《古土罐》

鬼才才有这样的"鬼话"，看似白话，却有禅意伏焉。

坏人在一定的时间里是活得很好的，又有钱，又有好身体，还常携着漂亮女人，似乎天忘了报应。这是因为坏人无羞耻心，不守道德规范约束，能吃饭，又不失眠。但坏人最终下场不善，皆缘于他养成习惯的思维意识必会造就他与世事的全面相违。

◨《〈行余集〉序》

这样谈善恶报应，妙，容易令人信服。

正是心里干净，通渭人处处表现着他们精神的高贵。你可以顿顿吃野菜喝稀汤，但家里不能没有一张饭桌；你可以出门了穿的衣裳破旧，但不能不洗不浆；你可以一个大字不识，但中堂上不能不挂字画。

◨《通渭人家》

人可以贫穷，但不可以远离文化。这是希望的根。

贾平凹妙语

■ 内行看门道，外行看热闹。透过足球看人生，看人世，这是平凹的独特处。

　　足球场是城市的公共厕所，每个城市都应该有一个足球场，人群有了发泄地，这个城市就安定了。

　　咳，球场为我们提供了发泄地，球场又反过来控制了我们，我们是归了容器里的水了，要方就成方，要圆就成圆，这如同传宗接代，原本最为辛苦，而有了性欲，谁也没拒绝过性交，还要高呼着欢乐。

■《答〈各界寻报〉记者关于在西安看足球的提问》

"旧时王谢堂前燕，飞入寻常百姓家。"文化渗入了一方水土，才有了晒字画的风俗吧。感动。

　　六月的天是晒丝绸的，村人没有丝绸，晒的却是字画，这位老者院子里晒的字画最多，惹得好多人都去看，他家老少出来脸面犹如盆子大。我对老者说，你在村里能主持公道，是不是因为藏字画最多？他说：连字画都没有，谁还听你说话呀？

■《通渭人家》

就这一行几个字，把都市写活在了纸上。

　　都市越繁华，楼越像山，街越像河，都市人几乎成山里人了。

■《都市与都市报》

俗话说人情薄如纸，应该说的是都市人，几百万人除了法律在约束，人与人的关系就是维系于纸印的钞票和印着文字的报纸。钞票的德行是多了更好，报纸则是能读就能上瘾。

■《都市与都市报》

这也是都市人的可怜处！

世上什么植物最多呢？当然是草，它绿遍了天涯海角。不讲究环境，不理会长短，有种子就要发芽。有芽就要生长，草其实是最顽强的。草民，草民，我们广大民众是草的另一形态，那就好好活着。

■《中国百石欣赏·一棵小草》

常人如草，草有草的宿命。

收藏其实是藏品收藏人。这块石头在我收藏之前曾是南方的一个人收藏，他起名八音聚宝盆，不停地敲打出各种金属声给我听。或许石头讨厌了他起名的恶俗，就把我收藏了。

■《中国百石欣赏·凹石》

同样是收藏，平凹却能觉悟到被收藏，这便是平凹异于常人处。

贾平凹妙语

> 这样的文字让我们能感受到人的孤寂与凄凉。

有这样一个故事，说有人学会了降龙的本领，但他学会了降龙本领的时候世上却没有龙。如今，马留给我们的是拴马的石桩，这如同我们种下了麦子却收到了麦草。好多东西我们都丢失了，不，是好多东西都抛弃了我们，虎不再从我们，鹰不再从我们，连狼也不来，伴随我们的只是蠢笨的猪，谄媚的狗，再就是苍蝇和老鼠。

■《拴马桩》

> 往谐音上理解也是别出心裁，这是平凹的奇异处！

环境是改变着人的思维的，当我收集着各种汉代陶罐，在一只巨大的陶罐上写着"大观"二字时，我理解：大罐便是大观，大观便是大官，能从大的局面看问题的必然能做大官的。

■《我是农民》

> 形象的比喻，直指社会现象的本质！

一样的瓷片，有的贴在了灶台上，有的贴在了厕所里，将灶台上的拿着贴往厕所，灶台上的呼天抢地，哪里又能听到厕所里的啜泣呢？俗话说：铁打的营盘流水的兵；俗话又说：家无三代富，风水轮流转。城市就是个优胜劣汰的营盘，在城里住久了的一部分人走出城门到农村去，一部分农村的有为者离开农村到城里来，城市就永远是社会文明的中心，也符合城市的性质。

◼ 《我是农民》

"人民公社万岁"的标语写得满村的墙上都是，农民却认做那是在墙上写字哩，写的内容从来不在心上引起感觉，犹如小孩子看见人民币也只认做是纸一样。

◼ 《我是农民》

这比喻太形象了！

我一直认为，汽车里有灵魂的，当世上的狼虫虎豹日渐稀少的时候，它们以汽车的形状出世。

◼ 《西路上》

诡异的联想！

驾驶的是一个三十左右的青年，衣衫破烂，你怀疑是风吹烂的，也可能整个衣衫很快就在风里一片一片地飞尽；头上是一顶翻毛绒帽，帽子

妙手语

虽然是写实，却妙在天才的形容上。

的一个扇儿已经没有了，一个扇儿随着颠簸上下欢乐地跳。他的脸是黑红色的，像小镇上煮熟了的又涂抹了酱的猪头肉。

◼ 《西路上》

丝路是一条人为了活着的路。

丝绸之路就是一条要活着的路啊，汉民族要活着开辟了这条路，而商人们在这条路上走，也是为了他自己活得更好些，我之所以还要走这条路，可以说是为了我的事业，也可以说是为了她吧。

◼ 《西路上》

诗人情怀，浪漫想象。

寒风悚立，仰天浩叹，忽悟前身应是月，便看山也是龙，观水水有灵，满城草木都是旧时人物。

◼ 《西路上》

两箱鞋分别在邮局打成包裹寄回了,我打击着他:最大的收藏是眼睛收藏,凡是拿眼见过了就算已经收藏过了;丝路是什么,就是重重叠叠的脚印,那该是走过了多少鞋?!

■《西路上》

平凹总是有异于常人的见解。

在我们从西安出发的时候,车里是钻进了一只苍蝇,宗林和庆仁曾忙活了半天去扑打,苍蝇却总是打不着,它站在庆仁的光头上,甚至就蹲在宗林当蝇拍摔打的那本杂志上。我便说这苍蝇有知识,恐怕也要随咱们一块儿上路呢,就留着吧。苍蝇便一直跟着我们。没想愈往西走,苍蝇愈觉得可爱,直到那天在戈壁滩上跑了一整天,我们要下车来小解,心想苍蝇这下会顺车门而溜掉的,但上了车,它仍趴在驾驶室的照后镜上,一条前腿跷起来极快地抚摸着脑袋,便知道它是个女性,不仅可爱,而且是很伟大的了。车经过一个镇落,庆仁专门下去买了一个西瓜,切开了就放在后箱角,对苍蝇说:你吃吧,咱们已经是一个团队了,我们会带你安全返回西安的。(点评者按:宗林,即画家韩宗林;庆仁,即画家邢庆仁,俱为贾平凹西路上之同行者。)

■《西路上》

心境大变,连苍蝇也可爱了。

妙语

▪ 夸张也是别具一格。

姑娘还自豪地说，这里的羊肉特别好吃，因为羊吃的是冬虫夏草，喝的是矿泉水，拉下的羊粪也该是六味地黄丸。

▪《西路上》

家庭是组织的。年轻人组织家庭从没有想到过它的不测——西方人借钱只借给年轻人，因为年轻人能挣得钱来还——年轻人无所畏惧，所以年轻人去当兵，去唱：我想有个家。是的，人活到一定的时候就要有家，这如同小孩子从没有死的恐惧、当科长的职员虎视眈眈看着处长的位子而做梦也不去篡夺国家主席的权一样。没有家，端一颗热烫烫的心往哪里放？流浪，心只有流浪四方。但是，家庭组成了，淑女一变成佳妇，从此奇男已丈夫，人生揭开了新的一页，新的一页是一张褪色的红纸，惊喜已不产生，幻想的翅膀疲软，朝朝暮暮看惯了对方的脸，再不是读你如读唐诗宋词、看你如看街上流行杂志的封面。我们常常惊叹街上人多如蚁，更惊叹一到晚上，人又到哪儿去了，怎么没有听说谁走错了家门？各自有家庭，想回的回，不想回的也得回，家庭里边有日子。男女组合了家庭，家庭里的男女或许是土金相生，或许是水火相克，一加一或许等于二，一加一或许等于零甚或为负，一件苦恼或许二一分半或许一分为二。姑且不说那如漆如胶的夫妇（往往太热乎的夫妇不到头），广而大之的家庭，日子是整齐地过去，烦恼是无序而来，家家都有了一本难念的经。所谓三十而立，以至四十不惑，五十知天命，便是从三十以后，家庭的概念就是烦恼和责任。烦恼是存在的内容，责任是忍耐的哲学，而这个时候孩子是最好的精神寄托，也是最大的维护家庭的借口。家庭难道没有它的好处吗？不，它的好处诗人们有整本整本的礼赞，且不论对于社会的安定，对于种族的延续，对于长涉人的休息，对于寒冷的人的温暖，爱情即便是有过一年两年，一天半天时，真诚的爱情永不能让我们否认，蜡烛熄灭了，蜡烛确是辉煌过黑暗里的光明。但是，当烦恼的日子变成家庭存在的内容的时候，家庭最大的好处是并不意识到家庭的好处。于是，家庭的负担呀，家庭的责任呀，由此要养老抚小而发生摩擦，因油盐酱醋而产生啰嗦，所以，有了家庭后才真正有了佛的意识，神的意识。（我到四川专门去朝拜了乐山大佛，曾书写了一联：乐山有佛，你拜了，他拜；苦海无岸，我不渡，谁渡？）如果做一般人，这样的日子就这么过去了，如牧羊人赶一群羊，举着鞭子不停地拦拦这边跑出队形的羊，拦拦那边跑出队形的羊，呼呼啦啦就那么一群一伙地漫过去

妙语

细数家庭，如庖丁解牛，使家庭细胞都历历在目，而充满了神奇的韵致。

了。而要命的偏有心比天高者，总不甘心灰色的人生，要出人头地，要功名事业，或许厌烦这种琐碎与无奈，看到了大世界的精彩，要寻找新的生命活力和激情，那么，种种种种的矛盾苦闷由之而来，家庭慢慢变得是一个阻碍。太年轻的人受不得各种诱惑，已不再年轻的这个时候亦是受不得诱惑。既是诱惑，必是以已有的短比外边的长，长的越长，短的越短。中国的家庭哪里又都是不平凡的男女组合呢，普遍的家庭偏偏是不允许有这种诱惑，家庭在这时就是规矩，是封闭的井，是无始无终的环，是十足真金的锁，是苗圃里的一棵树，已经长大了不许移栽。这样的日子，规划着而发着霉气，夜沉静听着蝉鸣。许多许多人都在有意与无意间哀叹：没有个家多好呀！说这样话的人并不就是存心要撕碎家庭，但如果男女的一方因有事出长差去了，一年或数月不见对方了，都有一种超脱之轻松。且慢，这种暂时的分别与因此而闹成了离婚却是多么的不同！假若真的离婚了，没有这个家庭了，家庭的好处猛地凸现了无与伦比的地位，这如同一个人从甲地往乙地去，因甲地到乙地之间荒无人烟，没有饭店，他是饿了一整天的肚子，他知道了饿肚子的难过，可这种没饭吃的难过毕竟不能类比真正贫困之人吃了这一顿还不知下一顿吃什么的难过。没有了家庭对人的打击是巨大的，失落是残酷的，即使双方已经反目，一时有解脱感，而静定下来，也是泪眼婆娑，一肚子苦楚无以言说。正因为是这种心绪，一般情况下，没有家庭的人是不愿再见到原是一个家庭的人的，有一种怨和恨，他不能回首往事。他即使在时间的销蚀和新生活的代替下恢复了精神，仍是要在梦里出现那一个故人的美好形象，仍在随时的动作里，猛然地记起那一个而失态发呆。（我在西游四川剑门关时路经唐明皇闻铃处，相传唐王处死杨玉环逃往蜀地，夜宿此地，忽闻杨玉环口叫"三郎"，起床寻觅，以为生还，后才知是驿楼的风铃叮当而误听，听了传说，我抚了那"唐王闻铃处"的石碑，感念到唐明皇是真人、伟人！）家庭就是如此让人无法捉摸，一道古老而新鲜的算术，各人有各人的解法，却永远没有答案。世上什么都有典型，唯家庭没有典型，什么都有标准，唯家庭没有标准，什么事情都有公论，唯家庭不能有公论，外人眼中的一切都不可靠，家庭里的事只有家庭里的人知，这如同鞋子和脚。家庭是房子的围墙，如果房子一旦没有了围墙，家庭又变成了没有窗子的房子。现在的社会，不组织家庭的人可能被认作怪人，组织了家庭，人可能正常，正常却易是俗人，没有了家庭的人却从身到心，从别人到自己都是半残废了。独自坐望东出的日头和西落的日头，孤寂想想，也好。我们不是常常叹息一个人从小学到大学，学呀学呀，一切都成熟了，生命又快结束了，为什么生下孩子，孩子不就直接有父亲的成熟思维呢？如果那样该多好！真要那样，这世界就不是现在的世界，这人也不是现在的人，世界也不必要这么多人。托尔斯泰说过：每个家庭的幸福都是一样的，不幸却是一个家庭与一个家庭不同。人生的意义是在不可知中完满其生存的，人毕竟永远需要家庭，在有为中感到了无为，在无为中去求得有为吧，为适应而未能适应，于不适应中觅找适应吧，有限的生命得到存在的完满，这就是活着的根本。所以，还是不要论他人短长是非，也不必计较自己短长是非让人去论，不热羡，不怨恨，以自己的生命体验着走，这就是性格和命运。命运会教导我们心理平衡。

◘ 《说家庭》

在这个世界上，有坐轿的就有抬轿的，有想瞌睡的就有递枕头的，有人请吃，有人吃请，这如同狗吃得那么多狗不下蛋，鸡虽然刨着吃，蛋却一天一个，鸡就是下蛋的品种嘛！请吃和吃请，都是一个吃字，人活着当然不是为了吃，但吃是活着的一个过程，人乐趣于所有事情的过程。在西方，社会靠金钱和法律维系，中国讲究权势和人情，一切又都表现在吃。最早的握手起源于人与人的不信任，在普遍没有吃的时候，你冒着生命危险捕获到食物让我吃，这岂能不让我感动？当我们看见母鸡辛辛苦苦啄死了一条蜈蚣，锐声叫唤着小鸡来吃，就想到最初请客也就是这样吧。

最初的请客是一种抚养或贡献，而现在的请客则沦落到一种公关，除了给神像，再也没有贡献，抚养自己孩子也为着防老，雷锋绝对没有了，虽然那个雷锋还有厚厚的日记要记下一切。请客就请吧，帖子越来越精美，言语越说越诚恳，几乎如信男信女朝山拜佛，如面对了现场发功的气功大师，闭目屏息，迎掌端坐。但是，十分讲究虔诚的信徒们其实是何等自私的人们，他们虔诚的目的只是索取！请客者大多是有求于别人，或者在求人前，或者在求人后，深谋的还有个早些渗渠，短见的只要个立竿见影，吃一次饭当然是送蝇头以图牛头。我们常常会看到有不得不请客的人家请过客了，仍一脸无声地笑，拉拉扯扯地，一边送客走，一边要说：哎呀，天还早的，多坐会嘛！心里想的是"客走主人安，跳蚤蹦了狗喜欢"。若请吃了事未办成，吃过这一次再不会有第二次，这一次也是"权当喂了狗啦！"吃请的呢，有帮了你的，就等着你有什么表示，连一顿饭也不请吗？或许也知道君子不吃嗟来之食，他家里并不缺一顿吃的，吃请是一种身份和荣誉呀。有的人却是吃请吃烦了，饭菜是人家的，肠胃是自己的，花时间，穷应酬，说免了免了，会给帮忙的。但不吃人家不相信，这饭是一种凭证。吃吧，

人情世故，尽在吃请二字。

实在是把自己作了人质，把肚子作了坟墓，一股脑地埋葬那些鸡鱼猪羊的尸体了。

一个多么会吃的民族，并且自诩吃出了一种灿烂的文化，可请吃的和吃请的哪里又会明白，人是离不得吃的，吃食的不同却要改变人的品种的。秃隼之所以形容恶丑、性情暴戾，秃隼的食物是腐肉，凤凰吃的是洁莲之果，清竹之实，凤凰才气质高贵，美丽绝伦。人对食品有好有恶，和尚没有不高古的，酒鬼没有不丧德的，湖南人吃辣多革命，山西人吃醋少铺张，请吃者什么都让你吃，吃请者有什么吃什么，凡是胃囊什么食物都能盛的，少悟性，乏技艺，只能平庸，只能什么也干不了，去干一般的官儿，只能肥头大耳。肥头大耳又容易是什么呢？鱼就是为了吃，吃下了钓钩，狐狸就是为了皮毛美丽的那点荣誉，死亡于猎人的枪口。

■《说请客》

中国传统的文化里，有一路子是善于吹的，如中医大夫，如气功师，街头摆摊卜卦的，酒桌上的饮者，路灯下拥簇着的一堆博弈人和观弈人，一分的本事吹成了十二分的能耐，连破棉袄里扪出一颗虱来，也是修养的，有双眼皮的俊。依我们的经验，凡是太显山露水的，都不足怕，一个小孩子在街上说他是毛泽东，由他说去，谁信呢，人不信，鬼也不信。先前的年里，戴口罩很卫生，很文明，许多人脖子上吊着白系儿，口罩却掖在衣服里，就为着露出那白系儿。后来又兴墨镜，也并不戴的，或者高高架在脑门上，或者将一只镜腿儿挂在胸前衣扣上。而现在却是行立坐卧什么也不带的，带大哥大，越是人多广众，越是大呼小叫地对讲。——这些都是要显示身份的，显示有钱的，却也暴露了轻薄和贫相。金口玉言的只能是皇帝而不是补了金牙的人，浑身上下皆是名牌服饰的没有一个是名家贵族，领兵打仗了大半生的毛泽东主席从不带一刀一枪，亿万富翁大概也不会有个精美的钱夹装在身上。

◘《说花钱》

社会众生相，惟妙惟肖。

钱的属性既然是流通的，钱就如人身上的垢痂，人又是泥捏的，洗了生，生了洗。李白说，千金散去还复来。守财奴全是没钱的。人没钱不行，而有人挣得钱多，有人挣得钱少，表面上似乎是能力的大小，实则是人的品种所致。蚂蚁中有配种的蚁王，有工蚁，也有兵蚁；狗不下蛋，鸡却下蛋，不让鸡下蛋鸡就憋死。百行百业，人

妙语

读这样的文字，总忍不住想笑。

生来各归其位，生命是不分贵贱和轻微的。钱对于我们来说，来者不拒，去者不惜，花多花少皆不受累，何况每个人不会穷到没有一分钱（没有一分钱的是死了的人），每个人更不会聚积所有的钱。钱过多了，钱就不属于自己，钱如空气如水，人只长着两个鼻孔一张嘴的。如果这样了，我们就可以笑那些穷得只剩下钱的人，笑那些没钱而猴急的人，就可以心平气和地去完成各自生存的意义了。古人讲"安贫乐道"并不是一种无奈后的放达和贫穷的幽默，"安贫"实在是对钱产生出的浮躁之所戒，"乐道"则更是对满园生命的伟大呼唤。

■《说花钱》

把房子和"囚"字联系起来，妙。

人活在世上需要房子，人死了也需要房子，乡下的要做棺、拱墓，城里的有骨灰盒。其实，人是从泥土里来的，最后又化为泥土，任何形式的房子，生前死后，装什么呢？

有一个字，囚，是人被四周围住了。房子是囚人的，人寻房子，自己把自己囚起来，这有点投案自首。

■《说房子》

人为什么都要自个寻囚呢？没有可以关了门、掩了窗，与相好谈恋爱的房子，那么到树林子去，在山坡上，在洁净鹅卵石的河滩，上有明月，近有清风，水波不兴，野花幽香，这么好的环境只有放肆了爱才不辜负。可是，没有个房子，哪里都是你的，哪里又岂能是你的？雁过长空无痕，春梦醒来没影，这个世界什么都不属于你，就是这房子里的空间归你。砰地推开，砰地关上，可以在里边四脚拉叉地躺着抽烟，可以伏在沙发上喘息；沏一壶茶品品清寂，没有书记和警察，叱斥老婆和孩子。和尚没有家，也还有个庙。

人就是有这么个坏毛病，自由的时候想着囚，囚了又想到自由。现在的官们款们房子有几幢数套，一套里有多厨多厕，却向往没墙没顶的大自然，十天半月就去山地野外游览，穿宽鞋，过草地，吃大锅，放响屁，放浪一下形骸。没房子的，走到公共厕所都在暗暗设计：这房子若归我了，床放在哪儿好，灶安在哪儿好？人都被上帝分配在地球上，地球又有引力，否则，在某个早晨，人都会突然飞掉。

人多多少少都会有点房子的，是一室的或者两室三室的——人什么都不怕，人是怕人，所以用房子隔开，家是一人或数人被房子囚起来。一个村寨有村寨墙，一个城有城墙。人生的日子整齐分割为四季一年，一年十二月，一月三十天，

人是命里注定要"寻囚"而居的。

妙手妙语

每人每家的居住就如同将一把草药塞进药铺药柜的一个格屉一个格屉里，有门牌号码，以数字固定了——《易经》就是这么研究人的，产生了定数之说。人逃不出为自己规定的数字的。

■《说房子》

> 这样的文字，令人叹息，令人回味，令人忽然生出豁然之心。

书上写着的是：家是避风港，家是安乐窝。有房子当然不能算家，有妻子儿女却没有房，也不算有家。家是在广大的空间里把自己囚住的一根桩。有趣的是，越是贪恋，越是经营，心灵的空间越小，其对社会的逃避性越大。家真是船能避风吗？有窝就有安与乐吗？人生是烦恼的人生，没做官的有想做做不上的烦恼，做了官有不想做不做不行的烦恼。有牙往往没有锅盔（一种硬饼），有了锅盔又往往没了牙齿。所以，房间如何布置，家庭如何经营都不重要，睡草铺如果能起鼾声，绝对比睡在席梦思沙发床上辗转不眠为好。用不着热羡和嫉妒他人的千般好，用不着哀叹和怨恨自己的万般苦，也用不着耻笑和贱看别人不如自己，生命的快活并不在于穷与富、贵与贱。

奋斗，赚钱，总算有满意的房子了，总算布置得满意了，人囚在家里达到人初衷了吧？人的毛病就来了！人又要冲出这个囚地："情人"一词越来越公开使用；许多男人都在说，最大的快乐是妻子回了娘家；普遍流行起"能买来床，买不来睡眠，能买来食物，买不来胃口，能买来学位，买不来学问"……蚕是以自吐的丝囚了自己的，蚕又要出来，变个蝴蝶也要出来。人不能圆满，圆满就要缺，求缺着才平安，才持静守神。

世上的事，认真不对，不认真更不对，执著不对，一切视作空也不对，平平常常，自自然然，如上山拜佛，见佛像了就磕头，磕了头，佛像还是佛像，你还是你——生活之累就该少下来了。

■《说房子》

奉承领袖是喊万岁，奉承女人是说漂亮，一般的人，称作同志的，老师的，师傅的，夸他是雷锋，这雷锋就帮你干许多懒得干的琐碎杂什。人需要奉承，鬼也奠祀着安宁。打麻将不能怨牌臭，论形势今年要比去年好，给牛弹琴，牛都多下奶，渴了望梅，望果然止渴。

每个人少不了有奉承，再是英雄，多么正直，最少他在恋爱时有奉承行为。一首歌词，是写少年追求一个牧羊女的，说"我愿做一只小羊，让你用鞭子轻轻地抽在身上"。现实生活中，我们常常在拥挤的电车上看到有的乘客不慎踩了别的乘

贾平凹妙语

奉承贾先生一句话：一句顶一句，句句有味道。

客的脚，如果是男人踩了男人的脚那就不得了，是丑女人踩了男人的脚那也不得了，但是个漂亮的女子踩的，被踩的男人反倒客气了：对不起，我把你的脚垫疼了！世上的女人如小贩筐里的桃子，被挑到底，也被卖到完。所以，女人是最多彩的风景，大到开天辟地，产生了人类，发生了战争，小到男人们有了羞耻去盖厕所。女人已敏感于奉承，也习惯了奉承，对女人最大的残酷不是服苦役，坐大牢，而是所有的男人都不去奉承。

■《说奉承》

人间百相，都在贾平凹的笔下了。

奉承是要得法的，会奉承的人都是语言大师。见秃头说聪明者绝顶，坏一只眼是一目了然。某人长相像一个名人，要奉承，说你真像，不如说真像你。工会的主席姓王，王姓好呀，正写倒写都是王，如果说：你这王主席，长个小尾巴就好了！王字长了小尾巴成毛字。瞧这话说得多有水平！有人奉承就不得法，人总是要死的，你却不能祝寿时说哎呀，离死又近了一年。领导去基层，可以说你亲自去考察呀！领导上厕所，怎么也不该说你亲自去尿呀！我害病住过院，有人来探视，说：听说你病了，我好难过，路上心里想，自古才子命短……他虽然称我是才子，可我正怕死，他说命短，我怎么高兴？有一度关于我的谣言颇多，甚至有了我的桃色新闻，一个人来安慰我，说：你那些事我听说了，真让我生气！名人嘛，有几个女人是应该的嘛，你千万不要往心上去！他这不是肯定了我的桃色新闻？！

■《说奉承》

我哪里还是我？虽然没有移植过别人的心肺脾肾，甚至也没有换皮美容，却吃过了多少猪肉、牛肉、羊肉、鸡肉，吃啥补啥，我常常怀疑胳膊上的那片肉是猪的了，脚上的那张皮是鸡的了。尤其患过了多年的病，曾经输过血，喝过成十个胎盘制成的糊状饮品，我就感觉我不是一个人，是合众体，从太阳光下走过，总恍惚着影子也是重叠了。每天晚上，梦是特别的多，境界中人都无序，忽而将至，忽而即逝，情节繁复，转换自如，醒来就发怔，我所有的灵魂一起在做梦了？周围的人开始在议论我，说我变了，性格越来越怪异，行为已无法琢磨，原本某件事我完全可以干得了的，可我干不了，怎样努力也干不了，而某件事大家都认为我干不了的，我却轻而易举地干了！谨慎时，树影子落在地上，我都要跳过去，以为那是个坑，狂放了，肆无忌惮，得意忘形。

妙手语

奇思怪想，让人读了惧怕。

突然见谁都怕，婴儿当道也退避三舍，突然明明知道手里拿着鸡蛋，却和石头去碰，家里人也唠叨了，在外有说有笑，一进门怎么就三棒子打不出个屁来。这怪我吗，我还是我吗？我不是了我，我还说什么，能说得清吗?！我连我也无法把握，人是一呼一吸而生存的，怎么吃饭说话时不感觉我还在呼吸？我一天天长高了，什么时候长的？夜里躺在床上，是哪一时哪一刻在睡着了？坐在那里，其实在走着，因为地球在动。太阳出来了，昨天的太阳绝不是今天的太阳。练什么气功，谁不就在大气层里？土是黄的，为什么长出的辣子是红、菠菜是绿？思维一会儿升到天上，一会儿又坠到深渊，想念无数的人，却没有具体的眉眼，如对着坍废的墙根，看腐蚀斑驳的痕迹，出现了各种景象各色人等。常常口里叼着烟斗到处寻找烟斗，正朗诵"给我一个杠杆吧，我会撬起地球"，而走到自家门口，拿了钥匙去开锁，才懊丧在偌大的世界里能拨动的仅仅是自己家锁的一个小孔。我不得不让我变，而且继续会变下去，更多的人不认识我了，我自己也难以认识我，苦恼的是名字依旧。我悔我吃过各种草的种子，如麦如稻如谷，吃过猪牛羊鸡，甚至蛇、蝎、龟和螃蟹，恨我患什么病呀，输他人的血，喝他人的胎盘，如果我是纯粹的我，我忠诚若狗，温媚如猫，愿意受人的正常的幸福和烦恼，可现在，我人非人，兽非兽，物非物！我的眼里溢满了委屈和哀伤的泪水，我只有这样活下去了。所以，我说，谁也不要理我，让我的乌合之众的灵魂去放逐吧，如果要认识我，等过三十年，四十年，某一日我死了，或许火化，高高的炼尸炉的烟囱里会冒出各种颜色的烟来，有一股清正之气，那才是我；或许土埋，坟墓上会长出许多花来，有一株散发幽香的，那才是我。而现在，我不是了真我，怨恨就怨恨吧，责怪就责怪吧，怨恨和责怪的是猪，是牛，是羊，是鸡。还有，悄悄地说吧，我输过的血保不准正是你卖出的血，喝过的胎盘饮品保不准也正是你的。

■《长舌男》

湖北人在这里人数最多。"天有九头鸟，地有湖北佬"，他们待人和气，处事机灵。新开的饭店餐具干净，桌椅整洁，即使家境再穷，那男人卫生帽一定是雪白雪白，那女人的头上一定是纹丝不乱。若是有客稍稍在门口向里一张望，就热情出迎，介绍饭菜，帮拿行李，你不得不进去吃喝，似乎你不是来给他"送"钱的，倒是来享他的福的。在一张八仙桌前坐下，先喝茶，再吸烟，问起这白浪街的历史，他一边叮叮咣咣刀随案板响，一边说了三朝，道了五代。又问起这街上人家，

贾平凹妙语

白浪街的湖北人！写一方风情，活灵活现。

他会说了东头李家是几口男几口女，讲了西头刘家有几只鸡几头猪，忍不住又自夸这里男人义气，女人好看。或许一声呐喊，对门的窗子里就探出一个俊脸儿，说是其姐在县上剧团，其妹的照片在县照相馆橱窗里放大了尺二，说这姑娘好不，应声好，就说这姑娘从不刷牙，牙比玉白，长年下田，腰身细软。要问起这儿特产，那更是天花乱坠，说这里的火纸，吃水烟一吹就着；说这里的瓷盘从汉口运来，光洁如玻璃片，结实得落地不碎，就是碎了，碎片儿刮汗毛比刀子还利；说这里的老鼠药特好功效，小老鼠吃了顺地倒，大老鼠吃了跳三跳，末了还是顺地倒。说的时候就拿出货来，当场推销。一顿饭毕，客饱肚满载而去，桌面上就留下七元八元的，主人一边端着残茶出来顺门泼了，一边低头还在说：照看不好，包涵包涵。他们的生意竟扩张起来。丹江对岸的荆紫关码头街上有他们的"租地"，虽然仍是小摊生意，天才的演说使他们大获暴利，似乎他们的大力丸，轻可以治痒，重可以防癌，人吃了有牛的力气，牛吃了有猪的肥膘，似乎那代售的避孕片，只要和在水里，人喝了不再多生，狗喝了不再下崽，浇麦麦不结穗，浇树树不开花。一张嘴使他们财源茂盛，财源茂盛使他们的嘴从不受亏，常常三个指头擎饭碗，将面条高挑过鼻，沿街吸吸溜溜地吃。他们是三省之中最富有的公民。

■《与穆涛七日谈》

冬天里，逢个好日头，吃早饭的时候，村里人就都圪蹴在窗前石碾盘上，呼呼噜噜吃饭了。饭是荞麦面，汤是羊肉汤，海碗端起来，颤悠悠的，比脑袋还要大呢。半尺长的线线辣椒，就夹在二拇指中，如山东人夹大葱一样，蘸了盐，一口一截，鼻尖上，嘴唇上，汗就咕咕噜噜地流下来了。他们蹲着，竭力把一切都往里收，身子几乎要成一个球形了，随时便要弹跳而起，爆炸开去。但随之，就都沉默了，一言不发，像一疙瘩一疙瘩苔石，和那碾盘上的石碌子一样，凝重而粗笨了。窗内，窗眼里有一束阳光在浮射，婆姨们正磨着黄豆，磨的上扇压着磨的下扇，两块凿着花纹的石头顿挫着，黄豆成了白浆在浸流，整个冬天，婆姨们要待在窑里干这种工作，如果这磨盘是生活的时钟，这婆姨的左胳膊和右胳膊，就该是搅动白天和黑夜的时针和分针了。

■《与穆涛七日谈》

> 汉字在平凹笔下都活了，速写山民的生活状态何其生动也！

神是人创造的，它是美好的理想，是寄托的希望，是呼吁的清正之气；鬼则是人自己的影子。人可以不害怕老虎、豹子、熊等巨形野兽，却怕小小的毛虫。人其实最怕的是人，怕别人及自己

妙语

平凹的神鬼、美丑论,妙啊!

的影子。换一句话说,对于鬼的厌恶,也是对人的另一面的厌恶。当然,有独特的现象,蒲松龄创造了善良美丽的鬼。

人身上有些小缺点也是挺可爱的,就像美女子的眉心痣,那痣本是病,是缺陷,却给人传情的美丽感觉,这小缺陷就使美更美了。像毛泽东下颌上的那颗福痣,实在给人伟男子的印象。蒲松龄笔下美丽多情女子也是这般的,那些女鬼却是个个传神情呢。

■《与穆涛七日谈》

这一通酒论,足可惊世骇俗!

如果让饮者论说酒的好处,那是能写一本书的。姑且认同酒和英雄是分不开的,那么英雄和美女又是分不开的,典型的如项羽。人的灵魂是存寄于身子之中的——伟大的灵魂存寄的身子或许很丑陋,伟岸的身子或许存寄着很卑微的灵魂——平时是两者难以分离。风中的竹,竹在动着,你看不见风,但有风了竹才有动态,竹的动态也就是风之形。酒和美女的作用使人的灵魂受醉,所以饮和性与身子无关。大街上我们看见饮者打着饱嗝儿醺醺而过,饮者在与分离开的灵魂飘然自在,那身子只是一个"走酒"。十年前我喝酒的时候,一次是醉了,走出巷口遇见一只狗来咬，我明明白白地感受到我的灵魂在身子之前三米远的地方，瞧见了狗用嘴咬住了我身子的左腿，还觉得好玩，说："疼不？疼不？"

■《饮者》

中国人在吃上最富于想象力，由吃啥补啥的理论进而到一种象征的地步，如吃鸡不吃腿，要吃翅，腿是"跪"的含义，翅膀则是可以"飞"到高枝儿上去的。以至于市场上整块整吊的肉并不紧张，抢手的是猪牛羊的肝、心、胃、肠。我老是想，吃啥补啥，莫非人的五脏六腑都坏了？街上来来往往的人，谁是被补过了的，难道已长着的是牛心猪胃狗肺鸡肠吗？那么，人吃兽有了兽性，兽吃了人兽也有了人味？那么，吃"口条"（给猪的舌头起了多好的名）可以助于说论语，谈恋爱善于去接吻，吃鸡目却为的是补人目呢还是补人脚上的"鸡眼"？缺少爱情的男人是不是去吃女人，而缺少一口袋钱呢，缺少一个官位如处长厅长省长呢？

■《美食家》

以吃妙喻人生，让人忍不住笑。

妙语

文豪谈吃，自然别有趣处。

数年来，美食家们多谈的是山珍海味，如今吃出层次了，普遍希望吃活的，满街的饭店橱窗上都写了"生猛"，用词令人恐惧。但生猛之物不是所有美食家都有钱去吃得的，更多的人，或平常所吃的多是去肉食店买了，不管如何变了花样烹饪，其实是吃一种动物尸体。吃尸体的，样子都很凶狠和丑陋，这可以秃鹰为证。目下世上的和尚、道士很少——和尚、道士似乎古时人的残留，通过他们使我们能与古时接近——一般人是不拒绝吃肉的，但主食还是五谷，各种蔬菜是一种培育的草，五谷是草的籽，草生叶开花，散发香气，所以人类才有菩萨的和善，才有"和平"这个词的运用。我不是个和尚或道士，偶然也吃点肉，但绝对不多，因此，我至今不能做美食家，也不是纯粹的完人善人。同事者劝我吃好，主要是认为我吃素食为多。我到一个朋友家去吃饭，吃不惯他们什么菜里都放虾米，干脆只吃一碗米饭，炒一盘青菜和辣子，那家的小保姆以后就特别喜欢我去做食客，认为我去吃饭最省钱。我到街上饭馆吃饺子，进馆总要先去操作室看看饺子馅，问：肉多不多？回答没有不是：肉多！我只好说：肉多了我就不吃了。这样，一些人就错觉我吃食简单粗糙，是富人的命穷人的肚。这便全错了。只有和我生活在一起的妻子说：他最好招待，又最难伺候。她到底知我。我吃大米，不吃小米。吃粥里煮的黄豆，不吃煮的芸豆。青菜要青，能直接下锅最好。是韭菜不吃、菜花菜不吃，总感觉菜花菜是肿瘤模样。吃芹菜不吃秆，吃叶。不吃冬瓜吃南瓜。吃面条不吃条子面，切出的形状要四指长的，筷头宽的，能喝下过两次面条后的汤。坚决拒绝吃熏醋，要吃白醋。不吃味精，一直认为味精是骨头研磨的粉。豆腐要冷吃着好，锅盔比蒸馍好。鸡爪子不吃嫌有脚气，猪耳不吃，老想到耳屎。我属龙，不吃蛇，鳝段如蛇也不吃。青蛙肉不吃，蛙与凹同音，自己不吃自己等等等等的讲究。这讲究不是故意要讲究，是身子需要，心性的需要，也是感觉的需要。所以每遇到宴会，我总吃不饱。但是我是一顿也不能凑合着吃食的人，没按自己心性来吃，情绪就很坏，因此在家或出门在外，常常有脾气焦躁的时候，外人还以为我对什么有了意见，闹出许多尴尬来，了解我的妻子知道问题出在哪里，便要说："噢，这也不怪，那也不怪的，是他没吃好！"去重新给我做一碗饭来。别人看着我满头大汗地把一碗他们认为太廉价的饭菜吃得津津有味，就讥笑我，挖苦我，还要编出许多我如何吝啬的故事来的。好的吃食就一定是贵价的吗？廉价的吃食必然就不好吗？水和空气重要而重要吧，水和空气却是世上最不值钱的东西。

■《美食家》

贾平凹妙语

由术后的疼痛，觉悟出人生哲学，也只有才子如平凹者能做到。

对于手术过后，我不能说不疼，疼，而且很疼。这是医学上现在还不能够解决的事。我趴在床上，想人活在世上真有意思，凡是身上的东西没有一处不是重要的。俗话说，人活脸，树活皮，平日把脸看得那么贵重，其实屁股才需要最善待。在它没有病的时候，我们几乎忘记了它的功能，一有了病，才知道做任何事情，比如拿东西、笑、怒、咳嗽，它都在用力。人身上的神经如果是网兜，它就是网兜口。我们习惯了一种思维，总是把世上的事分为高贵和低贱，也习惯了以这种思维对待身上的部位。现在，名呀利呀，声色犬马，一切都不想了，只求得不疼痛，不疼痛就是世上最幸福的人。我生来多病，每生一次病，就如读一本哲学书，在手术疼痛的日子里，我鼓励我的是，长疼不如短疼吧，疼过这正常的疼，我就有一个好的屁股了。甚至还有一种感觉，多年来坎坎坷坷，总是做一件事要带出许多后患，是不是未留后路或不注意疏通后路，入水不想出水，如今疏通了出处，往后一切都要顺当了吧？

■《手术》

我倒不信你能江郎才尽，瞧照片上，腰又大了一圈，那里边装什么？文坛上有人是晨鸡暮犬，他们出于职责，当可闻鸡而起，听吠安睡，有人则是老鼠磨牙，咬你的箱子磨他的牙罢了。前年你写那部书一成功，我就知道你要坏了人缘的，现在果然是，但麻将桌上连坐五庄，必然要得罪人，输家是有资格发脾气，也可以欠账，也可以骂人呣。只担心你那口疮，治得如何？口要善待才是，除了吃饭，除了在领导面前说"是"外，将来那些人还要请你去谈创作经验啊！

■《十一篇书信》

奇妙的思维，总产生奇妙的文字。

空气装在皮圈里即为轮胎，我如果能手一抓就一把风，掷去砸人，先砸倒那姓曹的！盛世的皇帝寿命都高，因为他为国人谋福利。损人利己者则如通缉的逃犯，惶惶不可终日，岂能身体安康？发不义之财，若不做慈善业消耗，如人只吃饭而不长肛门，终有一日自己把自己憋死。

那只鳖不能让山兄去放生，他会放生到他的肚腹去。

■《十一篇书信》

每句话里都有令人会心一笑处！

话无锋芒，如刺骨髓。

能让别人利用，也是好事。研究《红楼梦》可以当博士，画钟馗可以逼鬼，给当官的当秘书可以自己当官。藤蔓多正因着你是乔木。无山不起云，起云山显得更高，若你周围没那些营营之辈，你又会是何等面目？朋友都是走了的好。今夜月光满地，刚才开窗我还以为巷口的下水道又堵塞，是水漫淹，就想你若踏水来访多好！我可教你作曲解烦。作曲并不难，"言之不尽歌咏之"，曲就是把说不尽的话从心里起便放慢音节哼出来，记下便可了，如记不下，旁边放录音机来录。学那钢琴就非是一月半月能操作，且十个指头，怎能按得住一百零八个键呢？

■《十一篇书信》

六月十六日粤菜馆的饭局我就不去了。在座的有那么多领导和大款，我虽也是局级，但文联主席是穷官、闲官，别人不装在眼里，我也不把我瞧得上，哪里敢称作同僚？他们知道我而没见过我，我没有见过人家也不知道人家具体职务，若去了，他们西装革履我一身休闲，他们坐小车我骑自行车，他们提手机我背个挎包，于我觉得寒酸，于人家又觉得我不群，这饭就吃得不自在了。要吃饭和熟人吃着香,爱吃的多吃,不爱吃的少吃,可以打嗝儿,可以放屁,可以说趣话骂娘,和生人能这样吗?和领导能这样吗?知道的能原谅我是懒散惯了,不知道的还以为我对人家不恭,为吃一顿饭惹出许多事情来,这就犯不着了。酒席上谁是上座,谁是次座,那是不能乱了秩序的,且常常上座的领导到得最迟,菜端上来得他到来方能开席,我是半年未吃了海鲜之类,见那龙虾海蟹就急不可耐,若不自觉筷先伸了过去如何是好?即便开席,你知道我向来吃速快,吃相难看,只顾闷头吃下去,若顺我意,让满座难堪,也丢了文人的斯文,若强制自己,为吃一顿饭强制自己,这又是为什么来着?席间敬酒,先敬谁,后敬谁,顺序不能乱,谁也不得漏,我又怎么记得住哪一位是政府人,哪一位是党里人?而且又要说敬酒词,我生来口讷,说的得体我不会,说不得体又落个傲慢。敬领导要起立,一人敬全席起立,我腿有疾,几十次起来坐下又起来我难以支持。我又不善笑,你知道,从来照相都不笑的,在席上当然要笑,那笑就易于皮笑肉不笑,就要冷落席上的气氛。更为难的是我自患病后已戒了酒,若领导让我喝,我不喝拂他的兴,喝了又得伤我身子,即使是你事先在我杯中盛白水,一旦发现,那就全没了意思。官场的事我不懂,写文章又常惹领导不满,席间人家若指导起文学上的事,我该不该掏了笔来记录?该不该和

幽默,不动声色,缓缓道来,像流水,水面上平静,水底里却有波澜。

他辩论？说是不是，说不是也不是，我这般年纪了，在外随便惯了，在家也充大惯了，让我一副奴相去逢迎，百般殷勤做妓态，一时半会儿难以学会。而你设一局饭，花销几千，忙活数日，图的是皆大欢喜，若让我去尴尬了人家，这饭局就白设了，我怎么对得住朋友？而让我难堪，这你又于心不忍，所以，还是放我过去，免了吧。几时我来做东，回报你的心意，咱坐小饭馆，一壶酒，两个人，三碗饭，四盘菜，五六十分钟吃一顿！如果领导知道了要请我而我未去，你就说我突然病了，病得很重，这虽然对我不吉利，但我宁愿重病，也免得我去坏了你的饭局而让我长久心中愧疚啊。

■《十一篇书信》

平凹游江南而不迷江南，反而觉悟到了西北的好，作为西北人，当礼敬之。

不到江南，我向往江南，去了江南，我更热爱我们的西北。西北历史的辉煌和现今的艰苦，给了我生命和气质。我从事文学，这么从黄河到长江，明白了我们的不足，也坚定了我们的信心。草食动物或许是胆小的兔子，但也可能是恐龙大象，吃血的或许是老虎也或许是虱子。我再不为远离京都而自叹，也不再为所谓西安"生人不养人"的环境而悲苦，放眼天下，心存高志，阔大

胸怀，善于汲取，才是我发展天才的急需！

当年的孔子"西行不到秦"的，我往东去，为的是得大自在。

■《浙江日记》

病要生自己的病，治病要自己拿主意。这话对一般人当然是自然而然的事，但对一些名人和官人却至关重要，名人和官人没病的时候是为大家而活着的，最复杂的事到他们那里即得到最简单的处理，一旦有病了，又往往就也不是自己患病，变成大家的事，你提这样的治疗方案，他提那样的治疗方案，会诊呀，研究呀，最简单的事又变成了最复杂的事，结果小病耽误成大病，大病耽误成了不治之病。

■《治病救人》

杂文笔法，却不露锋芒，是真文章。

脑袋上的毛如竹鞭乱窜，不是往上长就是往下长，所以秃顶的必然胡须旺。自从新中国的领袖不留胡须后，数十年间再不时兴美髯公，使剃须刀业和牙膏业发达，使香烟业更发达。但秃顶的人越来越多，那些治沙治荒的专家，可以使荒

妙语

美而且妙，亦庄亦谐，半是揶揄，半是调侃，半是自嘲，读这样的文，使人生快感。

山野滩有了植被，偏偏无法在自己的秃顶上栽活一根发。头发和胡子的矛盾，是该长的不长，不该长的疯长，简直如"四人帮"时期的社会主义的苗和资本主义的草。

我在四年前是满头乌发，并不理会发对于人的重要，甚至感到麻烦，朋友常常要手插进我的发里，说摸一摸有没个鸟蛋。但那个夏天，我的头发开始脱落，早晨起来枕头上总要软软地黏着那么几根，还打趣说：昨儿夜里有女人到我枕上来了?! 直到后来洗头，水面上一漂一层，我就紧张了，忙着去看医生，忙着抹生发膏。不济事的。愈是紧张地忙着治，愈是脱落厉害，终于秃顶了。

我的秃顶不属于空前，也不属于绝后，是中间秃，秃到如一块溜冰场了，四周的发就发干发皱，像一圈铁丝网。而同时，胡须又黑又密又硬，一日不刮就面目全非，头成了脸，脸成了头。

一秃顶，脑袋上的风水就变了，别人看我不是先前的我，我也怯了交际活动。把他的，世界日趋沙漠化，沙漠化到我的头上了，我感到了非常自卑。从那时起，我开始仇恨狮子，喜欢起了帽子。但夏天戴帽子，欲盖弥彰，别人原本不注意到我的头偏就让人知道了我是秃顶，那些爱戏谑的朋友往往在人稠广众之中，年轻美貌的姑娘面前，说："还有几根？能否送我一根，日后好拍卖啊！"脑袋不是屁股，可以有衣服包裹，可以有隐私，我索性丑陋就丑陋吧，出门赤着秃顶。没想无奈变成了率真和可爱，而人往往是以可爱才美丽起来，为此半年过去，我的秃顶已不成新闻，外人司空见惯，似乎觉得我原本就是秃了顶的，是理所当然该秃顶的。我呢，竟然又发现了秃顶还有秃顶的来由，秃顶还有秃顶的好处哩。

秃顶有秃顶的三大来由：

一、民间有理论：灵人不顶垂发。这理论必定是世世代代在大量的实情中总结出来的，那么，我就是聪明的了！

二、地质科学家讲，富矿的山上不长草。为此推断，我这颗脑袋已经不是普通的脑袋啊！

三、女人长发，发是雌性的象征。很久以来人类明显地有了雌化，秃顶正是对雌化的反动，该是上帝让肩负着雄的使命而来的。天降大任于我了，我不秃谁秃?!

秃顶有秃顶的十大好处：

一、省却洗理费。

二、没小辫子可抓。

三、能知冷知晒。

四、有虱子可以一眼看到。

五、随时准备上战场。

六、像佛陀一样慈悲为怀。

七、不被"削发为民"。

八、怒而不发冲冠。

九、长寿如龟。

十、不被误为发霉变坏。

■《秃顶》

妙手妙语

名人的烦恼，世态的白描。

人问我最怕什么？回答：敲门声。在这个城里我搬动了五次家，每次就那么一室一厅或两室一厅的单元，门终日都被敲打如鼓。每个春节，我去郊县的集市上要买门神，将秦琼敬德左右贴了，二位英雄能挡得住鬼，却拦不住人的，来人的敲打竟也将秦琼的铠甲敲烂。敲门者一般有规律，先几下文明礼貌，待不开门，节奏就紧起来，越敲越重，似乎不耐烦了，以至于最后咚地用脚一踢。如今的来访者，谦恭是要你满足他的要求的，若不得意，就是传圣旨的宦官或是有搜查令的警察了。可怜做我家门的木头的那棵树，前世是小媳妇，还是公堂前的受鞭人，罪孽深重。

■《敲门》

我用一双筷子把大盆的菜夹到我的小碟里，再用另一双筷子从小碟夹菜送到我口中。我笑着对被请的那位领导说："我现在和你一样了，你平日是一副眼镜，看戏是一副眼镜，批文件又是另一副眼镜。"吃罢了，我叮咛妇人要将我的碗筷蒸煮消毒，妇人说：哪里，哪里。我才出门，却听见一阵瓷的破碎声，接着是撵猫的声，我明白我用过的碗筷全摔破在垃圾筐，那猫在贪吃我的剩菜，为了那猫的安全，猫挨了一脚。这样的刺激使我实在受不了，我开始不大出门，不参加任何集会，不去影院，不乘坐公共车。从此，我倒活得极为清静，左邻右舍再不因我家的敲门声而难以午休，遇着那些可见可不见的人数米外抱拳一下就敷衍了事了，领导再不让我为未请假的事一次又一次交检讨了，那些长舌妇和长舌男也不用嘴凑在我的耳朵上是是非非了。我遇到任何难缠的人和难缠的事，一句"我患了肝炎"，便是最好的遁词。妻子说："你总是宣讲你的病，让满世界都知道了歧视你吗？"我的理由是，世界上的事，若不让别人尴尬，也不让自己尴尬，最好的办法就是自我作践。比如我长得丑，就从不在女性面前装腔作势，且将五分的丑说到十分的丑，那么丑中倒有它的另一可爱处了。相声艺术里不就是大量运用这种办法吗？见人我说我有肝病，他们防备着我的接触而不伤和气，我被他们防备着接触亦不感到难下台，皆大欢喜，自贱难道不是一种维护自己尊严的妙招良方吗？再者，别人问起：你这些年是怎么混的，怎么没有更多的作品出版，怎么没有当个长，怎么没能出国一趟，怎么阳台上没植花鸟笼里没养鸟，怎么只生个女孩，怎么不会跳舞，没个情人，没一封读者来信是姑娘写的？"我是患了肝炎呀！"一句话就回答了。

■《人病》

> 世态人心尽在这幽默的文字里。

妙语

这样的文字如剑一般直指世态人心。

我们失却了社会上所谓的人的意义，我们却获得了崭新的人的真情，我们有了宝贵的同情心和怜悯心，理解了宽容和体谅，热爱了所有的动物和植物，体会到了太阳的温暖和空气的清新。说老实话，这里的档案袋只有我们的病史而没有政史，所以这里没有猜忌，没有幸灾乐祸，没有勾心斗角，没有落井下石，没有势利和背弃，我们共同的敌人只是乙肝病毒。男女没有私欲，老少没有代沟。不酗酒，不赌博，按时作休，遵守纪律，单人单床，不纳妓宿娼，贵贱都同样吃药，从没人像官倒爷那样贪婪而嗜药成性。医护是我们的菩萨，我们给他们发出的笑是真正从心底来的，没有虚伪。猫头鹰是我们的上帝，我们畏惧而崇拜，没有丝毫的敷衍。我们为花坛中的那一片玫瑰浇水除草，数得清那共有多少花瓣，也记载了多少片落花被我们安葬。那洞穴的蚂蚁和檐下的壁虎，我们差不多认得了谁是谁的父母和儿女。我们虽然是坏了肝的人，但我们的心脏异常的好。

■《人病》

有了妻子便有了孩子，仍住在那不足十平方米的单间里。出差马上就要走了，一走又是一月，夫妻想亲热一下，孩子偏死不离家。妻说："小宝，爸爸要走了，你去商店打些酱油，给你爸爸做一顿好吃的吧！"孩子提了酱油瓶出门，我说："拿这个去。"给了一个大口浅底盘子，"别洒了啊！"孩子走了，关门立即行动。毕，赶忙去车站，于巷口远远看见孩子双手捧盘，一步一小心地回来，不禁乐而开笑。

◼《笑口常开》

生活原生态，妙趣文中来。

养生不养猫，猫狐媚。不养蛐蛐，蛐蛐斗殴残忍。可养蜘蛛，清晨见一丝斜挂檐前不必挑，明日便有纵横交错，复明日则网精美如妇人发罩。出门望天，天有经纬而自检行为，潮露落雨后出日，银珠满缀，齐放光芒，一个太阳生无数太阳。墙角有旧网亦不必扫，让灰尘蒙落，日久绳粗，如老树盘根，可作立体壁画，读传统，读现代，常读常新。

◼《生活一种》

小品文，大智慧。

妙语

妙而且美。速写
文字，漫画效果。

鸡蛋是一个生命，生命的壳是又薄又脆的。

老鼠可以把它用牙敲开，蛇索性囫囵吞下，农夫挑了蛋笼上集，更是提心吊胆，怕别人撞了自己，也怕自己撞了别人。这生命的壳与其说是保护，准确应是一种收拢，于是那孵出的鸡胆怯小气，飞不起，又跑不快，长细小的尖嘴，即使站在谷米堆上也要刨着吃。

世上没有一颗蛋是方形的。

小小的山村里，人们都在饲养鸡。中午的太阳照过篱笆的时候，女人们都在院子里撵着鸡跑，逐一逮住，将粗糙的手指捅进鸡的屁眼里摸蛋。蛋原来是传宗接代的东西，人们却残酷地拿它去换钱，以此评价某一个鸡的价值，一天需要一颗，直逼得它没有尿尿的机会。鸡也便退化了尿尿的设备，只是一颗接一颗地生下来。

文明的城市里的人，越来越懂得了营养学，他们将纸币扔给了山村农人，农人将鸡蛋——交给了他们。

当鸡红着脖脸鸣叫，妇人们立即去稻草窝里挑起一颗，就要将热蛋煨在眼上。热蛋煨眼可以治烂眼，妇人们的眼睛盼城里的人来已经盼烂了，城里的人还是迟迟不来。以至城里人最后将鸡蛋运走，蛋就有相当的颗数变坏了。

坏了的蛋是最臭的。

■《鸡蛋》

这佛在北方的山峁存生,山峁不平,随势筑形。远看浑然椭圆,恍惚疑涌地而起若峁上之峁,又如天外飞来,浮聚了一堆浓云,这是佛的雍雍体态了。再远看黑粗的主干恰与细微的梢枝组合,叶脉的枝条辐射为扇面,枝梢分桠,这是佛的柔柔千面手了。再远看梢桠错综复杂,在天的衬景上如透雕又如剪纸,天成了撕碎的白纸虚幻衍化,这是佛之煌煌灵晕了。再远看,再远看,倏忽纳嚣风而使其寂然消声,骤然吸群鸟而又轰然释放,这是佛的浩浩法度了。

树而为佛,树毕竟有树的天性,它爱过风流,也极够浪漫,以有弹性的枝和柔长的叶取悦于世。但风的抚摸使它受尽了方向不定的轻薄,鸟的殷勤使它难熬了琐碎饶舌的嚣烦。北方旱水,北方不宜桃李。要经见日月运转四季替换,要向往高天听苍鹰鸣唤,长长的不被理解的孤独使柿树饱尝了苦难,苦难中终于成熟,成熟则为佛。佛是一种和涵,和涵是执著的极致,佛是一种平静,平静是激烈的大限,荒寂和冷漠使佛有了一双宽容温柔的慈眉善眼,微笑永远启动在嘴边。

■《树佛》

人一旦拥有了佛心,看什么都是佛了。读这样的文,感觉好像是佛所写。

贾平凹妙语

这是上帝造人的天机呵！

孙子没有一个永远记着他的爷爷的，由此，有人强调要生男孩能延续家脉的学说就值得可笑了。试问，谁能记得他的先人是什么模样又叫什么名字呢，最了不得的是四世同堂能知道他的爷爷，老爷爷罢了，那么，既然后人连老老爷爷都不知何人，那老老爷爷的那一辈人一个有男孩传脉，一个没男孩传脉，价值不是一样的吗？话又说回来，要你传种接脉你明白这其中的玄秘吗？这正如吃饭是繁重的活计，不但要吃，吃的要耕要种要收要磨，吃时要咬要嚼消化要拉泄，要你完成这一系列任务就生一个食之欲给你，生育是繁苦的劳作，要性交要怀胎要生产要养活，要你完成这一系列任务就生一个性之欲给你，原来上帝在造人时玩的是让人占小利吃大亏的伎俩！而生育比吃饭更繁重辛劳，故有了一种欲之快乐后还要再加一种不能断香火的意识，于是，人就这么傻乎乎的自鸣其乐地繁衍着。

■《关于父子》

病一旦上升为一种艺术，真作假时假亦真，这些人真的就在病上垮掉了。我曾见过这样一位官人，因为权力分配闹情绪住了医院，医院里整日看到的是那些真的病人，隔三隔四还要抬几个去太平间，他的精神就有了那个了。而他的部下得知他住了院，就都拿了重礼去探望（这恰是行贿和受贿的机会），但探望为了保持领导的深刻记忆，便不一块去，是一个去了一个再去。一见到领导，当然是询问病情，不管看脸不看脸都要说：你脸色真的不好，你要静心医养啊！一个人这么说了，心中还窃笑，两个人这么说了，还不往心里去，而七个人八个人都这么说了，心里犯了嘀咕：脸色真的不好吗？真的有病了吗？害怕起来，夜里就睡不稳，觉得这儿疼那儿也疼，惶惶不可终日。不长时间，他真的就病了，脸色真正的不好看了，他原本是最恐惧病的，如今病上身，愈是恐惧，病就一日沉重了一日，终是呜呼哀哉了。可怜这位官人把病变成了艺术，病也把他作为艺术品了。

■《谈病》

病相，众生相，世态人心之真相！

茶泡好了，烟也叼上，哗啦，哗啦，哗哗啦啦，当兵的双手能打枪，咱十个指头一齐动，各摆九摞，砰地一合，随手又丢去一摞，这动作多风流潇洒，若要幽默，咱就称这是义务修长城吧，或者叫做学习164号文件吧。各人将各人的零票

妙语

借牌说开去，话有反正，道在是非分明处，会心一笑，于是觉悟，这就是大家的手笔了。

子已经点清了放在旁边，请注意这不是要赌而重在博，"人生难得几回搏"，运动场上这么说，牌场上为什么不能这么说？运动场为国争光的之所以是金牌而不是铁牌或泥牌，牌场上当然要金钱论输赢了。钱是好东西，倘若少一分，你纵然在商店给售货员笑个没死没活，那货品你只能看，你不能拿。美国竞选总统，竞选者是不敢有情妇的，你对你的妻子都不忠诚，你会对国人忠诚吗？法国人交朋友，绝不交铤而走险的，你连你的生命都不珍惜，你能珍惜朋友吗？那么在中国的时下，你连钱都不爱，你还会爱什么？爱钱不可耻。但不能唯此为大，那么，就宣布钱票子一律装在鞋里踩在脚下吧。踩，人永远主宰它，它永远不主宰人！

■《牌玩》

好吧，看下一盘吧，盯着自己的牌，更盯着桌上的牌，下家打出个六万，我也打六万，留着白板拆副儿打，我宁肯不和你也别和。做最精细的计算，捕捉突然的感觉，分析整个局势，这里需要的是浑身的解数；看他的眼神，尤其是眉宇间一闪即逝的东西，看他手的下意识的动向，别瞧他轻松地哼曲或者旁若无事地不停地调整牌的

位置。声东击西，瞒天过海，明修栈道，暗度陈仓，三十六计全然使得。你盯我，他盯你，周而复始，恶性循环，四个人谁都是谁的坟墓。如此这般沉沉浮浮，牌技方得提高，似乎明白了官场上的一切奥秘，只是那种斗争上升到了一种艺术吧。遂作想，一个兵由班长到排长到连长营长团长直到军长，那真正是在战场上的军人，而一个人由生产队长到村长到乡长到县长直到专员，则必是踩着了多少人的肩膀上的政客，于是洋洋自得，凭咱这一套牌技也可以去当当什么领导了！但是，这想法玩牌人只是偶然闪动，最大是那么会心一笑而已，因为官场上仍还凭靠山后门，牌场上的机会却永远是人人平等。你的牌再好，有时却就是不和，你的牌有时糟到了极点，几乎完全丧失了信心，终了却是和了。世界是神秘的，麻将牌更神秘，有神使和鬼差，使每个人都诚惶诚恐了。牌再坏，不能骂牌，骂的是自己的手"臭"，骂的是自己坐错了方位，骂的是自己尿憋了没有去"放毒水"，如果想啥来啥，则要将牌放在嘴上亲一口了。当然也要自我宽慰，"牌场上失意，情场上得意"啊，这么说着，还是一个劲地输，则疑惑"我是摸了女子的×了"？！好也是女人，坏也是女人，牌场上女人总是被骂的对象，这如同农人耕地不休止地骂牛一样。为了能赢，最后的手法是自己作践自己了，打出了牌又摸回来，少不得自己打自己的脸，要上庄，希望能连

牌面上的人生影射了世间的人情世故。

坐，宁肯说要坐个"母猪庄"。运气，运气，人人都在这神秘面前无可奈何；玩牌是人生，人生即游戏，试试近期的凶吉顺逆，玩牌是最好的征兆，绝对地胜过了庙堂里的抽签打卦。

◾《牌玩》

这不正是世道人心之写照么？

生蛋之鸡囚之木棚入悬空凉台之外，却将小鸟珍藏在花草中，外表好叫声好可以享这红花绿草之福，默默产蛋为业的鸡反遭冷落，难道这凉台愈是雅好，便愈隐藏丑恶？！

◾《凉台记》

写作
XIE ZUO

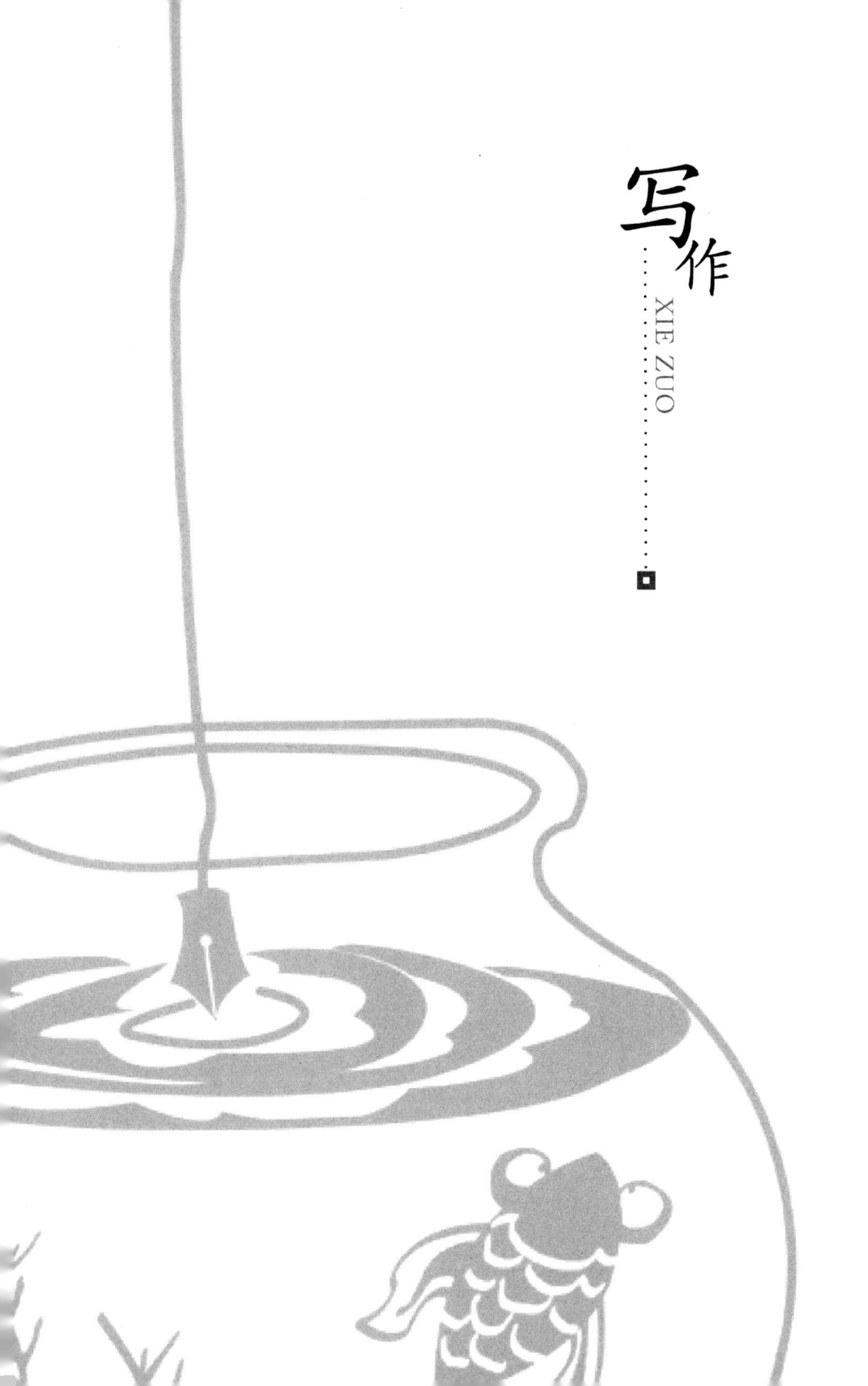

伟大的作品都是看起来似乎非常平易，似乎人世间就真有那么些故事，不是笔下写出来的，是天地间原本就存在着的，这如同一些科技发明，是上帝让某某之人带到人类社会的。

一根羽毛，一根羽毛，或许太平常了，但组合起来，却是孔雀的艳丽彩屏；一缕丝线，一缕丝线，或许太普通了，但经纬起来，却是一匹光华的绸缎；一部好作品，使多少人笑之忘我，悲之落泪，究其竟，不过是一堆互不相连的方块字呢。然而，这么些方块字，凑起来，有的是至情至美，有的却味如嚼蜡：这是什么样的魔术啊！

　　妙龄人大概都有这么个感觉吧：外表美，心灵不美，当然不是好对象；心灵美，外表不美，却不能不是一种遗憾了。语言是作品的眉眼儿，纵然有一颗纯洁善良的灵魂，那何不就去修饰打扮，使天下的读者"一见钟情"呢？

■《语言》

> 大实话，真道理。

　　鸟儿都喜欢自己的羽毛，作家更想把自己的语言写好。然而，孩子们的憨，是一种可爱，大人们的憨，却是一种滞呆；少女们插花会添几分妩媚，老妪们插花则是十分的妖怪了。

　　这是为什么呢？

　　骗子靠装腔作势混世，花里胡哨是浪子的形象。文学是真情实感的艺术，这里没有做作，没

> 道法自然，返璞归真。

有扭捏：是酒，就表现它的醇香；是茶，就表现它的清淡；即便是水吧，也只能去表现它的无色无味。如此而已！

◼《语言》

可惜，我们的学生，或者说，我们在学生的时候，那是多么醉心于成语啊！华词艳辞以为才气，情泄其尽为之得意。写起春天，总是"风和日暖""春光明媚"，殊不知何和何暖的风日，何明何媚的春光？写起秋天，总是"天高云淡""气象万千"，殊不知又怎么个高淡的天云，怎么个万千的气象？单纯、朴素，这实在是一张艺术与概念、激情和口号之间的薄纸，而苦闷了我们几年、十几年地徘徘徊徊，欲进不能。

如果可能的话，快将那些"豪言壮语"从作品中抹去，乱用高尚、美丽的成语，会使这些词汇原有深刻、真切的含意贬值！

……一道溪水，流，是它的出路和前途。它必然有过飞珠溅沫的历程。而总是飞珠溅沫，它便永远是小溪，而不是大河啊。

◼《语言》

> 平凹不喜成语，但长于化解成语。

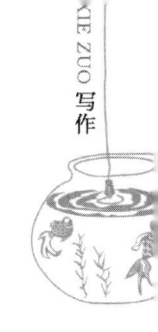

那么，就将土语统统用上吧，那油腔滑调，那歇后语，那顺口溜……

错了！

难道矸子土里有铝，能说铝就是矸子土吗？金在沙中，浪淘尽，方显金的本色；点石如果真能成金，那也仅仅只是钻进了蛤蚌体内，久年摩擦、浸蚀而成的一颗珍珠。如果以为是现实里发生过的，就从此有了生活气息，以为是有人曾说过的，就从此有了地方色彩，那流氓泼妇就该是语言大师了?！艺术，首先是美好；美好的"冶炼"起来的。

◼ 《语言》

> 正所谓真实并不等于复写现实。

当然了，嚼别人嚼过的馍没有味道，随心所欲更是荒唐。你必须是你自己的，你说出的必须是别人都意会的又都未道出的。于是乎，你征服了读者，迫使着他们感而就染，将各自的经历体会的色彩涂给了你的文章。你，也便成功了。

◼ 《语言》

> 平凹就是这样写作的，所以平凹文字就有了平凹的特色。

> 游山玩水者倘有了这样的境界，便永远都不会失望了。

　　深入生活必须是充满激情的，激情是深入的基础。作品的产生，是一种生活积累的爆发，更是感情积累的爆发。怀着一种激情到生活中去，观山则情满山，观水则情满水，就可以看到别人能看到的东西，也可以看到别人看不到的东西，而且通过一种现象便又可以看到现象后边的内涵和本质。

■《观察》

> 看来要成书画中的大家，须在字上下工夫。

　　我们看每一个汉字，它的笔画都有呼应，知道笔画呼应的人书法就写得好，能写出趣味来。学画画素描，如画树，要看出每一个枝的对应关系，把它们看成有生命、有感情的东西，你就知道怎么把一棵树画得生动了。

■《好的文学语言》

　　什么人说什么话，有什么样的精神世界就会有什么样的文学语言。有人心里狠毒，写出的文字就阴冷。有人正在恋爱期，文字就灿烂。有人才气大，有人才气小，大才的文字如大山莽岭，小才的写得老实，讲究章法的是小盆景。大河从

来不讲章法。黄河九曲十八弯，毫无章法，小河遵从规范，因为是小河。所有的名牌服装都是简略，没有那些小装饰，但做工特别精细。大人物特别小心。上海人的小处细致才产生了大上海。在一群人中，你往往能看出谁是大聪明，谁是小聪明，小聪明反应都快，撵着说话，但说得刻薄轻佻，大聪明一般不说话，说了一句就顶一句。兔子永远是机警的，老虎总是慵懒。

■《好的文学语言》

句句经典，句句都有可玩味处。

想象力在你讲故事的时候需要，在语言运用上也需要，你没有想象力，就写不了闲话。人说某某才华横溢，指的是闲话，因为水盛满了杯子，还往出溢，溢的就是那些闲话。

■《好的文学语言》

又一写作的法门。

艺术是以悟性为根本的，书法说到底是对汉字的间架结构的把握而注于自己的精神和审美。文学上的结句断字以气而定，若不知其中道理，看别人用短句你也尽是句号，到头来毁了文章的节奏，也使作者易患哮喘病。

■《李杰民的书法》

知其然，知其所以然，此平凹之所以然也！

贾平凹妙语

以此解释文学创作的背景，妙也！

人吃饱了饭所透出来的神气和饿着肚子所透出来的神气那是不一样的。

■《对"陕西智性书写展"的看法》

同样是在谈写作，贾平凹却是另一路，以举重若轻的语言，道尽语言描写的奥妙。这样的文字能令人觉悟。

张爱玲的语言好，好在她细腻奇特，她有生之俱来的对事物的感觉，形容什么东西顺口而出，而且接连形容，如打水漂儿，石片在水面上一连串的跳闪而去。但是，当你挖空心思去形容的时候，反过来，你什么都不形容，你就达到了最好形容的效果。这是形容的两个方面。地平线下测树高是一种测，地平线上测树根的深也是一种测。杜甫写诗是白纸上写黑字，李贺的词是黑纸上写白字。形容月亮，你可以说是个灯笼，是银盘，是香蕉，是橘子，是天之眼，是冰窟窿，但你说一句：月亮就是月亮，比前边的形容更好。我在初学写作的时候，喜欢从别人书上摘抄形容比喻好的句子，这当然对于启发和培养我的想象能力有好处，可我那时不懂整体的效果。现实生活中有的人五官分别十分漂亮，但配在一起却并不漂亮，有的人五官分别来看都不标准，配在一起却生动有味，蛮有风韵。我们读一些诗，有的诗，每一句都有所谓的诗情，精心用词，但读完了，

整首诗毫无诗意，有的诗每一句都是口语，很平常，可读完后整个诗诗意盎然。古人讲词不善意，得意忘形，就说的这回事。《山海经》上讲混沌的故事，混沌是没鼻没眼的，有人要为混沌凿七窍，一天凿一个，凿到七日，七窍是有了，混沌却死了。

■《关于小说语言》

古人讲，文章千古事，其实并不是如此，或许这也仅仅是一小撮人的责任，而我们芸芸众生之所以要写文章，是因为我们喜欢写，又有东西来写，写出来为了愉悦别人也更是愉悦自己。往往越是没有想到流传千古地写去，无忌讳，无功利，还有可能有一两篇文章真的时过境迁了还有人看。

■《〈夏坚德作品集〉序》

不为写而写，反而能写出好文章。

说起来人的感觉是天生的，后天是磨不出来的，后天只是能让人的阅历更丰富一些，如没有天生的那种感觉就只能写一些笨的东西，成不了大气候。文章要看智慧，看贯通了没有，把世俗

独特！写作中的"独特"，好比人的脸面，未必眉清目秀，却绝对是自己。

的东西能贯通，才可能写出独特的东西。你写的我也能写那就没有意思了，就不是好作家了。

■《〈奢侈心情〉序》

> 人生来做什么，都有个宿命。写作尤其如此吧？

我给许多人说过，听灵堂上的哭声就可辨清谁是媳妇谁是女儿。李宗奇的散文就是那女儿的哭声。也正因他的起点低，在弄起文学后，用在读书上的时间就多，也刻苦，进步让周围人都惊讶。可见他有写文章命，山中有矿，一经开发就都出来了。

■《读李宗奇散文》

> 写作者当以为鉴！

自从文坛有了张爱玲，小资情调的文章就很多，有了余秋雨，文化散文也泛滥，殊不知张氏和余氏之所以能开宗立源，根本的东西那是与生命相关的，不顾呼吸而硬要拉长句子或故意都是补句，就暴露了自己的做伪和虚张。目下又似乎流传一种叙述，要么油腔滑调耍幽默，要么极尽铺设和华丽，但没有细节，读起来好像很抒情，读完了什么印象也没留下。

■《读李宗奇散文》

天才作家只能受其启示而不可仿制的，正像天才画家齐白石说过：似我者死。伟大的作品都是看起来似乎非常平易，似乎人世间就真有那么些故事，不是笔下写出来的，是天地间原本就存在着的，这如同一些科技发明，是上帝让某某之人带到人类社会的。牛顿故居的墙上有人写着这样一首诗：自然和自然规律隐藏在黑暗中，上帝说，让牛顿去搞吧，于是，一切就光明了。天才的作家也是这样。

◼《沈从文的文学》

> 天才是天的代言人，天才作家的话不修饰，却是真文学。

伟大的作品，是从来不在作家写出时就认为是伟大作品；伟大的作品，往往是客观和主观发生极度矛盾的境际中产生的。

◼《战胜自己》

> 言之有理呵。

古人讲："文之神妙，莫过于能飞。"飞在于善断，善续，断续得宜，气则充溢，这便有了诗意，也便弃了艰难劳苦之态。

◼《关于〈冰炭〉》

> 说得好，耐人玩味。

妙语

这样论诗，正是诗心所在。

诗是什么，说起来够简单了，就是人的一种奢侈品，是感之情，是精之神，人在恋爱或爱恋了什么，坠入痴醉，想入非非，炽热如火，那火燃起来与干柴若即若离的五彩之焰即是诗。纵观古今中外大诗人的名篇莫不是这样。

■《〈董蛟诗集〉序》

诗之能飞，便是好诗。

有情冲动则要言，言之不尽则要歌，歌是飞扬的，而诗歌从来一起，诗之神妙也正在于能飞啊。

■《〈董蛟诗集〉序》

"极致则美，美就是艺术。"——精辟！

真正的诗并不需要技巧。

要爱就爱个刻骨铭心，要愁就愁个柔肠寸断，一切到了极致，极致则美，美就是艺术。现在流行朦胧诗，朦胧也好，不朦胧也好，只要有大的境界就是好诗。

■《〈董蛟诗集〉序》

如果抓住一个人小感觉、一句有意味的话便做出一首诗来，技巧少的又是鸡肠小肚，技巧多的也只是花拳绣腿，那么，大丈夫便不做诗也。

我喜欢涟漪，更喜欢白沫，涟漪是小湖的诗，白沫则是大海的诗。

■ 《〈董蛟诗集〉序》

妙论也。

人与自然接近，媒介就是淡泊，接近了，才可完满一个人的文格，才可在形而上的基础上建构自己的意象世界。那么，寂寞则是作文的一条途径了。这途径明明白白地摆着，许多人一心想当文学家，却总不愿在这条路上走，那有什么办法呢？

■ 《〈匡燮散文集〉序》

所谓"十年抚琴，精神寂寞"。

淡泊可能不是文人的专有，寂寞却常常被文人占有，但一心占有则适得其反，便成为一种矫饰，一种做作，一种另一类的"贵族气"。大言者不语，只要真正寂寞，那便孤独，孤独则是文学的价值啊。

■ 《〈匡燮散文集〉序》

孤独于常态，而淡泊于自在。

245

妙语

一个樵夫入山，见两个童子下棋，便在一旁观局而忘了砍柴。一童子递给他一枚枣子吃，吃之便不觉饥。后，童子说："你来此已久，为何不回家？"这樵夫去取斧，只见斧柄已烂，急忙回家，门前石桥尚在而人事全非。

但愿这个寓言将成为我们文人今后弄文的总序。

■《〈匡燮散文集〉序》

> 道在其中，悟者自悟。

诗还是要纯净着好，这不是技巧，是一种生活的态度，是情操。

■《〈红林诗集〉序》

> 纯净的诗，必是好诗。

笔为孤竹，能使文富，却将人穷。

■《〈竹子作品集〉序》

> 禅。

我以为，为人为文是需要聪明，但更需要的是智慧，聪明可以完成修行，智慧却是天才或完满夙业的根本。而慧的获得就全在于一个人对宇宙人生的体验了。

◼ 《〈王蓬散文集〉序》

拥有了慧根，便拥有了为人为文的资本。

在我的理解里，诗可以是青春时期的类似于一种不可抑制的性冲动的火焰，诗也应是上了年纪的人睡醒在黎明前黑暗里展腿伸腰发出的从骨骨节节缝隙中释放疲倦的一声长吁，换一句话说，是不是沉闷人生透一口气呢？

◼ 《〈田奇抒情诗选〉序》

如此论诗，别致，有趣。

苦闷的人生需要透一口气，散文写作在自慰了我们作家自身之外，更要使社会快活，让我们多写写真正属于这个时代的作品吧。

◼ 《关于散文的通信》

写作就是透一口气，也算一家之言。

我以前是胜负型棋手，现在不敢说是求道派的，但我这么想：写作是一个人体证天地自然社会人生的一种法门，不要老是想着我的文章怎样，而只要以法门态度对待，文章自然而然就境界大起来了。

■《答〈长城〉编辑问》

写作的法门在此，初学者不可不觉悟。

　　写文章需要加法，加到一定程度得用减法，加法最容易丰富我们，也最容易从此毁掉我们，而不会加法使我们永无成功的可能。

■《〈黄少云作品集〉序》

这样谈写作，新鲜。

　　文学常常使年轻人老成，文学又常常使人天真长驻。

■《为郁小萍作序》

阅历的沧桑，阅历的率真，即此吧！

我们每个人都做过情事，说过情话，但我们不一定就会写文章，会写文章的人，又有他的情在，那就是情文。情文便是美文。如果说英雄豪杰辈出的年代人民遭难，那么美文繁华的时候社会必然祥和。

■《〈情爱丛书〉总序》

> 情文便是美文，这是贾平凹的发明。

懂得什么是非了，就懂得了什么是是，实事求是也可实事求非。一般人诗是白纸写黑字，李贺则黑纸写白字。

■《答朱文鑫十问》

> 实事求非多新鲜呵！这恰是平凹的思维。

作品必须形而下与形而上结合，无形而上不成艺术，但纯形而上则又成了哲学。作品的象征，我喜欢用整体象征和行文中不断的细节象征，这样，作品就产生多义性，说不尽。这一切皆要自然为之，作者在写时，仅感知里边有东西，但无法准确道出，感觉是作家的看家本事。

■《答朱文鑫十问》

> 这是贾平凹独特的写作心得，值得玩味。

贾平凹妙语

> 贾平凹笔下佩服的作家并不多，孙犁居其一。平凹说孙犁，可谓入其骨。

评论界素有"荷花淀派"之说，其实哪里有派而流？孙犁只是一个孙犁，孙犁是孤家寡人。他的模仿者纵然万千，但模仿者只看到他的风格，看不到他的风格是他生命的外化，只看到他的语言，看不到他的语言有他情操的内涵，便把清误认为了浅，把简误认为了少。因此，模仿他的人要么易成名而不成功。如一株未长大就结穗的麦子，麦穗只能有蝇头大，要么望洋生叹，半途改弦。天下的好文章不是谁要怎么就可以怎么的，除了有天才，有凤命，还得有深厚的修养，佛是修出来的，不是练出来的。常常有这样的情形，初学者都喜欢拥集孙门，学到一定水平了，就背弃其师，甚至生轻看之心，待最后有了一定成就，又不得不再来尊他。孙犁是最易让模仿者上当的作家，孙犁也是易被社会误解的作家。

■《孙犁论》

> 这样理解生活，何愁写不出好作品呢？

作家要写什么，必须了解什么，这十分简单，又有哪个作家不是这样呢？生活，生着活着就有啥写啥，生着活着的东西就是写不完的。

朱自清的散文只能是朱自清的，沈从文写得最好的也只是湘西，陕北山势缓慢起伏必然使陕北民歌平缓悠长。

■《与穆涛七日谈》

小说是一种说话，散文是一种沉吟。

技巧是不能单独抽出来说的，你能说鼻子应该是什么鼻子为好，眼睛是什么眼睛为好？它只能看具体的五官组合。林语堂说过关于熊掌雄壮美和鹤足挺拔美的话，其实雄壮美和挺拔美并不是熊与鹤的追求所致，是生存所致。技巧是随具体内容而来的。越是考虑到技巧，越没技巧，越没技巧，其中正有大技巧。有人讲长篇小说是结构的艺术，我总怀疑说这话的人并没有写出个好的长篇小说。

我还是用五官来比喻，丹凤眼是美的，但配上一张河马嘴，这张脸就没法看了。技巧不是孤立的东西，是五官的天然契合。有人的五官样样不丑，眉眼鼻口耳，哪个部位都标致，但组合序列不妥，或两眼间距过于宽，或过于窄，或鼻子太靠上，或五官聚得太紧凑，像灌汤包子的褶口。一张耐品的脸，需要具体器官标致，且它们之间的组织也近于天合。

■《与穆涛七日谈》

> 平凹谈创作技巧，于概括上就有技巧。

古人讲的起承转合，目的是要让文章从容自然而有起伏，西方人讲的隔离呀陌生呀的，目的

> 写作有无技巧，也要透过现象看本质。

在于引导读者化入化出。俗语说演员是疯子，观众是傻子，什么技巧都是装疯卖哑，诱你为傻子，有的魔术师做魔术明明是在露他的魔底，却在露着露着又把你装进更大的迷惑里。无技巧的境界是有了技巧之后说的话，说寂寞的人必是曾热闹过了，陶潜的淡泊是不淡泊之后。

■《与穆涛七日谈》

> 出口成章。这一篇平凹的演讲词可以佐证。

各位！一边说一边吃啊，瞧这鱼小是小些，但味道多好，筷子不要放呵！孔子当年"西行不到秦"的，我们就多直实，多刚多蠢，打一面小旗子招摇过市，四年了，是该来吃顿饭了，吃！"大散文"的喊叫，我们不是要做促销的勾当，明明知道潮流漫来"顺我者昌逆我者亡"，犯着牺牲发行量的危险，坚持自己的宗旨，今天回头想来，简直是劫了一回法场嘛！我们要的是散文的名分呀，柳青就曾经送过别人一只羊，将羊牵着送上门了，却把羊缰绳要回来——该要的就得要，哪怕仅是一根羊缰绳！

街上是流行过红裙子，文坛上刮过这样主义那样主义的风，别人的标新立异可能是要的二月花，我们的删繁就简要的是三冬树。三冬的树是树的本真。在化妆品盛行的年代，妇女们的脸都

成了画布，我们素着面是不时髦，而且易于被误解，我们就是要敢于素面朝天！

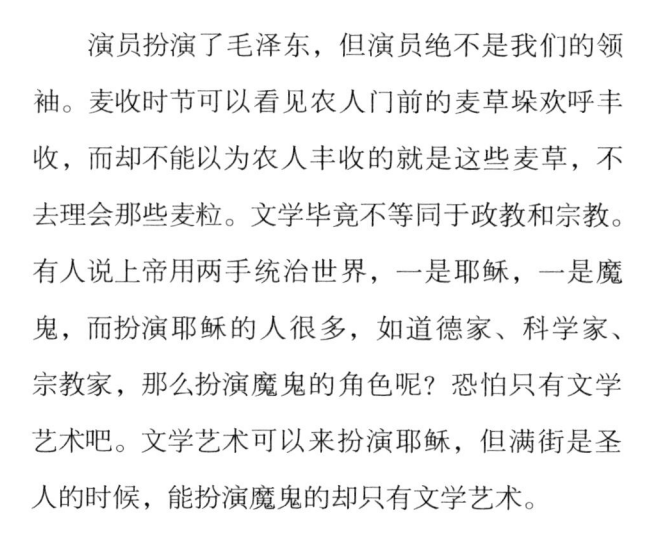

■《〈美文〉四年编辑部午餐桌上的谈话》

演员扮演了毛泽东，但演员绝不是我们的领袖。麦收时节可以看见农人门前的麦草垛欢呼丰收，而却不能以为农人丰收的就是这些麦草，不去理会那些麦粒。文学毕竟不等同于政教和宗教。有人说上帝用两手统治世界，一是耶稣，一是魔鬼，而扮演耶稣的人很多，如道德家、科学家、宗教家，那么扮演魔鬼的角色呢？恐怕只有文学艺术吧。文学艺术可以来扮演耶稣，但满街是圣人的时候，能扮演魔鬼的却只有文学艺术。

■《〈美文〉四年编辑部午餐桌上的谈话》

> 平凹的话恰合了老子的话："天下皆知美之为美，斯恶已，皆知善之为善，斯不善已。"为文者鉴。

你总是苦恼散文的重量比不得小说，但是，你却一篇又一篇地写那些山山水水，风花雪月。散文难道只是供人消遣的小玩意儿？只是一种翻来覆去的文字魔术吗？咳，可怜的你，把散文装在框子里了，散文怎么能不在框子里装起你来呢！请不要在名山上做文章，请不要在胜景上做文章，

> 因为文而使山水有了名气，这便是平凹的魅力所在。

你到日常生活中去吧，让日常生活走进散文中来。真文才是新文，新文才是奇文。

■《散文就是散文》

平凹有这样的觉悟，所以散文有了自己的面目。

别人云亦云地唠叨"形散神不散"的旧话吧，散文最讲究严密的结构，但却来得轻轻松松。请留有空间，把你卖关子的地方都空起来，闲起来，将所有的窗子打开，将所有的门扇打开。艺术是表现的艺术，而不是要你再现；技巧，是不夸耀技巧。

■《散文就是散文》

读书
DU SHU

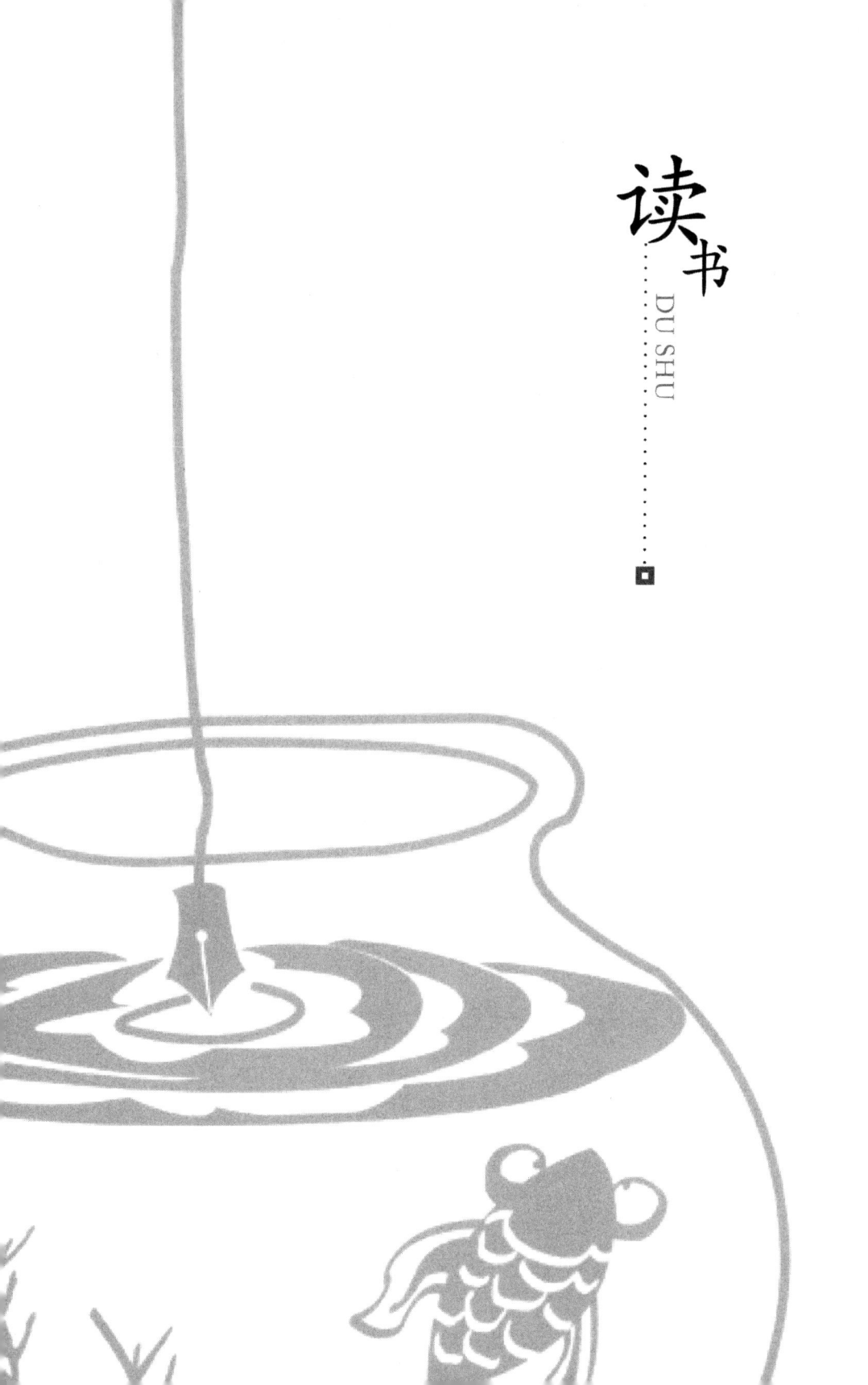

你若喜欢上一本书了，不妨多读：第一遍可囫囵吞枣读，这叫享受；第二遍就静心坐下来读，这叫吟味；第三遍便要一句一句想着读，这叫深究。

龟常常象征长寿，若总是那么一动不动地伏着，像一块石头，那长寿有什么用呢？这如有人以爱读书为雅，什么事儿都不做，就是坐在房中读书，只读书，读死书，还算什么雅呢？上帝造人就是让人来工作，来创造的呀！

■《中国百石欣赏·龟》

> 读书明理，读书也使人认死理。

　　近读张爱玲的《私语》，完全对其倾倒了，感叹女人的那一份灵感，男人着实无法企及。使我兴趣的她们都爱做心语——这或许就是女人了——诉说心中的私语，必是感觉独白，必率真，透出人生的一份隐秘，也透了艺术的真谛。

■《读〈灯下心语〉》

> 女人的独白出自内心的隐秘便是好文了。

　　世上的作品与刊物，不外乎消受和消费两种。晚上睡觉失眠了，又不肯吃安定片，拿那一本来看看，不知不觉地睡去，哈喇水就滴在翻开的一页，天明起来叠被子，被窝里也便掉出一捆乱糟糟的纸来；或者坐在马桶上出恭，随便取一本了，

妙语

家常话，大道理。

手眼总不能闲着，末了撕一张揩屁股了事。这样的作品与刊物是永远上不了书架的。而供我们消受的，则是打扫了房间，沏上了清茶，静静地坐在书案前，读得全身心地都受活起来，或是不断地骂"这龟儿子会这么写"，生许多嫉妒，或是数天里沉默了，胸中闷得透不出气来。这样的好作品、好杂志，给了我们无比的智慧，遗憾的是我们有些消受得了，有些却消受不了。譬如很野的那一种，好深刻，好沉重，总在杞人忧天，使原来已够沉闷的人生越发的累了。一切的哲学和文学都是在指导着人好好地活着，活得很好，当到处都从事喜剧，作浅薄无聊地轻松愉快，悲剧的出现是高层位的，那么再高一层呢，就该是超越悲剧的喜剧了。写文章的和读文章的，都是有闲或者忙里偷闲，超越了低层次的喜剧，也超越了浮躁和激愤，虚涵才能得天地之道，闲静才能知人生之趣。

■《读〈读者文摘〉》

那一日，大家讨论"美文"两个字，争论好大，人分两派，一派说"美文"很雅的，如"美学""美术""美声"。一派说"美文"了，令人能想到"美容"呀，"美发"呀的。争执不休，忽想到鲁迅他们三十年代办《语丝》是查字典来的，又想到乡下多子的父亲常抱了婴儿出门，第一个碰着什么就依什么起名。于是闭了眼睛翻了一册书，那第一行的第一个字就是美字，出门又恰巧碰着一个汉子，是本市的一个名丑，手里正拿着一本《中国古典美文选》。《美文》就这样确定下来。叫《美文》绝不意味着要搞唯美主义，但我们可以宣言：我们倡导美的文章！

■《〈美文〉发刊词》

《美文》的来历，值得人回味。

我们倡导美的文章。为什么办的是散文月刊而不说散文说的是文章？我们是有我们的想法。我们确实是不满意目前的散文状态，那种流行的，几乎渗透到许多人的显意识和潜意识中的对于散文的概念，范围是越来越狭小了，含义是越来越苍白了，这如同对于月亮的形容，有银盘的，有玉灯的，有橘的一瓣，有夜之眼，有冷的美人，有朦胧的一团，最后形容到谁也不知道月亮为何物了。我们现在是什么形容也不要。月亮就是月亮。于是，还原到散文的原本面目，散文是大而化之的，散文是大可随便的，散文就是一切的文章。

如果同意我们的观点，换一种思维看散文，散文将发生一种质的变化，散文将不要准散文，

换一种思维看散文。

将不仅是为文而文的抒情和咏物,也就不至于沦落到要做诗人和小说家的初学的课程,轻,浅,一种雕虫小技,而是"大丈夫不为也"的境地。

◼ 《〈美文〉发刊词》

> 这一段关于美的解释,有着美学的意义。

美是真与善,美是犹如戏曲舞台上的生旦净丑,美是生存的需要,美是一种情操和境界,美是世间的一切大有。

◼ 《〈美文〉发刊词》

> 洗练的文字,生动的叙述。

杂志创刊,真像新出生的孩子,又像是才过门的媳妇,第一期出来了,编辑部不停地收到来信和电话,甚至遥远的电文,有说孩子是太瘦了,有说媳妇眉眼不俊,说三道四的,我们惶惶得如谦谦后生,只是洗耳恭听。要自我评价吗,常言说,看别人的媳妇好,瞧自家的孩子亲,我们是既得意又丧气。

没有想到的,杂志放在书店的架子上,有人总是把"美文"念错了,有的喊:"我要'美女'!"有的疑惑:"'姜文'?这小子也办了刊物了,来一本瞧瞧!"

◼ 《读稿人语之》

问：古镜未磨如何？

僧曰：照破天地。

问：磨过如何？

僧曰：黑漆漆的。

谁在问僧？你在问僧。僧是何人？僧就是你。于是明白文章也是古镜，是不需要磨的。别把一切都收拾得干干净净，美人不是绢人，雪花并不算花。人生原本有太多的尴尬，活人就活人的日子吧：生死病老离别娶嫁，油盐酱醋米面茶麻。

■ 《读稿人语》

> 多么干净的文字呵，洁白如雪，雪里有祥。

先读的散文，一本《流言》，一本《张看》；书名就劈面惊艳。天下的文章谁敢这样起名，又能起出这样的名，恐怕只有个张爱玲。女人的散文现在是极其得多，细细密密的碎步儿如戏台上的旦角，性急的人看不得，喜欢的又有一班只看颜色的看客，噢儿噢儿叫好，且不论了那些油头粉面，单是正经的角儿，秦香莲，白素贞，七仙女……哪一个又能比得崔莺莺？张的散文短可以不足几百字，长则万言，你难以揣度她的那些怪念头从哪儿来的，连续性的感觉不停地闪，组成了石片在水面的一连串地漂过去，溅一连串的水

> 贾平凹如此评价一个女性作家，不多见。

261

花。一些很著名的散文家,也是这般贯通了天地,看似胡乱说,其实骨子里尽是道教的写法——散文家到了大家,往往文体不纯而类如杂说——但大多如在晴朗的日子,窗明几净,一边茗茶一边瞧着外边;总是隔了一层,有学者气或佛道气。张是一个俗女人的心性和口气,嘟嘟嘟地唠叨不已,又风趣,又刻薄,要离开又想听,是会说是非的女狐子。

■《读张爱玲》

天才的长处特长,短处极短,孔雀开屏最美丽的时候也暴露了屁股,何况张又是个执拗的人。时下的人,尤其是也稍要弄些文的人,已经有了毛病,读作品不是浸淫作品,不是学人家的精华,启迪自家的智慧,而是卖石灰就见不得卖面粉,还没看原著,只听别人说着好了,就来气,带气入读,就只有横挑鼻子竖挑眼。这无损于天才,却害了自家。张的书是可以收藏了常读的。

■《读张爱玲》

> 真正的批评文字。

一日，我往园子赏一株梅的，正吟着"梅似雪，雪如人，都无一点尘"，梅的那边有五个女子在叫着"狐！狐！"就一片浪笑。原来其中一个，长腿蜂腰，一手往上拥着颧骨，一手抓了鼻子往下拉扯，脸庞窄削变形，眉与眼两头尖尖地斜竖起来，宛若狐相。我几乎被这场面看呆了，失态出声，浪笑戛然而止，该窘的原本属五个女子，我却拽梅逃避，撞得梅瓣落了一身。

这一回败露了村相，夜梦里却与那女子熟起来，她实在是通体灵性的人，艳而不妖，丽而不媚，足风标，多态度，能观音，能听看，轻骨柔姿，清约独韵。虽然有点野，野生动力，激发了我无穷的想象力和创造力。

■《读张爱玲》

> 就是画也没有这般生动，足见平凹语言的张力。

《红楼梦》是一部大书。曹雪芹的伟大之处在于，他在中国文学史上第一次把女子当做与男子平等的人去全面地写；蒲松龄的超人之处则在于写透了女子之美，写活了女子之美，在他的心性里，女子是集大美于身心的，丑的只是男子及社会。蒲松龄是从女子的人本身去写美的，写的是一个男子眼中的女子，而不是社会意义中的女子。

■《与穆涛七日谈》

> 贾平凹是这样看曹雪芹与蒲松龄的。

妙语

阅读新说，妙不可言。

买书不要买豪华本，豪华本的书那是卖给不读书的人的。读书也不必只读纸做的书，山水可以读，云雨可以读，官场可以读，商界可以读。赌徒和妓女也都是书。只在家读书本，读了书还是读书，无异于整日喝酒、打牌和吸烟土，于社会、家人有什么好处？

■《十一篇书信》

这便是"会当凌绝顶，一览众山小"。

记住：任何大家，任何名著，当你学习他的时候，必须将他拉在你的脚下，这不是狂妄，而正是知其长，知其短，得精神以弃皮毛。

■《散文就是散文》

好读书就得受穷。心用在书上，便不投机将广东的服装贩到本市来赚个大价，也不取巧在市东买下肉鸡针注了盐水卖到市西；车架后不会带单位几根铁条几块木板回来做做沙发，饭盒里也不捎工地上的水泥来家修个浴池。钱就是那几张没奖金的工资，还得抠着买涨了价的新书，那就只好穿不悦人目的衣衫，吸让别人发呛的劣烟，

吃大路菜，骑没铃的车。但小屋里有四架五架书，色彩之斑斓远胜过所有电器，读书读得了一点新知，几日不吃肉满口中仍是余香。手上何必戴那么重的金银，金银是矿，手铐也是矿嘛！老婆的脸上何必让涂那么厚的脂粉，狐狸正是太爱惜它的皮毛，世间才有了打猎的职业！都说当今贼多，贼却不偷书，贼便是好贼。他若要来，钥匙在门框上放着，要喝水喝水，要看书看书，抽屉的作家证中是夹有两张国库券。但贼不拿，说不定能送一条字条："你比我还穷?!"三百年后这字条还真成了高价文物。其实，说穷也不是穷到要饭，出门还是要带十元钱的，大丈夫嘛，视钱如粪土，它就只能装在鞋壳里头。

> 一语双关，反话正说，正话反说，世态人心都在话里边。

◼ 《好读书》

你若喜欢上一本书了，不妨多读：第一遍可囫囵吞枣读，这叫享受；第二遍就静心坐下来读，这叫吟味；第三遍便要一句一句想着读，这叫深究。三遍读过，放上几天，再去读读，常又会有再新再悟的地方。你真真正正爱上这本书了，就在一个时期多找些这位作家的书来读，读他的长篇，读他的中篇，读他的短篇，或者散文，或者诗歌，或者理论，再读外人对他的评论，所写的

> 既是读书的窍门，也是读书的法门。

传记，也可再读读和他同期作家的一些作品。这样，你知道他的文了，更知道他的人了，明白当时是什么社会，如何的文坛，他的经历、性格、人品、爱好等等是怎样促使他的风格的形成？

◾《读书示小妹十八生日书》

写散文者宜鉴之。

我以前读《古文观止》，读得要下跪，就四处搜寻选本中那些作家的另外作品，甚或将某些文集统统浏览。但我遂之惊异地发现，那些著名的作家，他们的抒情性散文其实少得可怜，大致也就是《古文观止》中选的那几篇，而大量的写作中是谈天说地的篇什，譬如表、奏、铭、序跋、书信和辩文。这便让我想，抒情散文对于他们并不是刻意的，凿池植荷，为的是淤泥里白白胖胖的藕，而要开花了，就开一朵冰清玉洁的莲。这并不像我们现在，专门地要写散文，一写散文专门的要抒情。人的一生能有多少散文可写呢，又有多少的情要抒呢？

◾《读王剑冰散文》

贾平凹其人其事

我到陕西人民出版社工作后，才知道贾平凹也在陕西人民出版社当过编辑。贾平凹当年的同事告诉我，他不是一个合格的编辑，没有编辑过一部像样的图书。大家的印象是人不很起眼，但绝对聪明，不得罪人，不惹是生非，一门心思都在写作上。都断言，他不离开出版社，就不会有那么大的成就。也有人假设，平凹若是一直干到现在，出版社光"吃"他就足可高枕无忧了。陕西人民出版社总编辑朱玉先生宴请贾平凹，有人举杯时说："贾老师，您要还在我们陕西人民出版社工作，该是什么样子呢？"在座的都是编辑，我就接过话说："没有悬念。职称：副高级；职务：副处级！"惹得大家哈哈大笑。我说这话不是幽默，是事实。当编辑就是为他人作嫁衣，再有出息，也是编辑。现行的出版社体制，也许有利于作家诞生，却不利于作家发展。平凹是写作天才，就应该有适合他发展的岗位。1982 年，平凹调入了西安市文学联合会。可以说得其所哉，所以幸哉！

1991 年冬，因为与孙见喜先生编辑《贾平凹散文精选》，我随他第一次去拜访贾平凹，至少有三个"没想到"。第一个没想到的是一开门，平凹竟腰系了围裙，脸上、手上都是面粉。他说他正在揉面，中午准备吃油泼扯面。我跟他进了厨房，说："贾老师，没想到你还亲自做饭！"他笑起来脸如莲花，说："我不光亲自做饭，还亲自吃饭！人生在世，有些事必须自己亲自去做才有意义，譬如吃饭；有些事呢只有亲自去做才有意思，比如恋爱！"此前听说他不善言辞，不好接近。如今一见面就说笑，平易而幽默，这是我的第二个没想到。告别时他主动送了我一本他刚出版的《抱散集》。这是我的第三个没想到。

后来越接近，"没想到"的越多。每一次访问，他的大堂或者上书房都高朋满座。这一拨人坐犹未稳，那一拨人已经推门而入了。正说着话，不是电话铃响了，就是手机响了，几乎没有消停的时候。这个叫吃饭，那个请赴宴，几乎天天有饭局，我曾忍不住问他："你烦不烦？"他无奈地笑，说："烦的很，却没办法，都托熟人，挡不住么！"就这，还有人背后里骂他架子大。实际上平凹从不摆架子。他说："我吃亏就吃在最不善于说'不'！"常常心里想说"不"，话一出口却让人感觉不像"不"，所以常有人被拒绝，却仍然找上门来。有一位朋友上门买字，等字写好了，却说没带现金，去时煞有介事地留了借条。之后多次上门，不提钱的事，平凹自己也不好意思启齿。忽有一日，平凹发现借条不翼而飞。他气恨恨地说："你没钱明说么，我真就钻进钱眼了？这种人我最恨！"话是这么说，人家过半年又来了，他依旧笑脸递烟，不再提借条的事。

忙，说明平凹有人气。一次，陈彦开完省文代会归来，朋友请他喝茶，他绘声绘色地转述文联选举，说："大会宣布主席、副主席当选名单，念到赵季平，掌声；念到陈彦，掌声；念到其他人，掌声；唯独念到贾平凹，掌声雷鸣，久经不息！"陈彦感叹："不一样就是不一样。"

稍不留神，平凹就有新版图书问世，其中包括长篇小说、各种文集以及书画集。朋友都纳闷，他那么忙，还玩牌，哪里来的时间？哪里来的精力？朋友问我，我说：平凹是天才，天假其才，创作就事半功倍，这为他赢得了一半的时间；悟性奇高，总能见微知著，化腐朽为神奇，写的、画的就不同凡响；忙碌在常人是一种负担，在他却是一种生活的个性体验，一种生命不能逃避之重，一种创作上取之不尽、用之不竭的灵感源泉；即使休闲娱乐，他也能"一心二用"，于身心解脱中盘算自己的奇思妙想，一旦灵感上头，必然找个借口离去；他还能随机应变，车上、厕上、床上，照样速写文章。一次笔者约他写一篇散文，他说："你来拿吧！"去了，他却在打麻将。问他文章呢，他说："你先去参观我的收藏。"他的大堂书房三室一厅，加上过道、厕所、厨房，都摆满了古董文物，抬腿动臂，都得格外小心。一转身不见了他，朋友说他上厕所了。左等右等他才出来，手里竟拿着我要约的稿子，密密麻麻写满了一片纸的两面。我就笑他："你写作还有这个怪癖呵！"他说："我不躲进厕所，这伙虎狼之友能让我安坐案头？"这，就是平凹！平日但凡求字求画的，他不急于完成，总要等哪一日家里朋友多又赶不走了，才提笔展纸，说："我欠人的字，人家要来拿呵！"朋友就聚集他的案头。看他写字作画，也是一种享受。

对平凹的字画，一方面有人"砸"，说一钱不值，或说是沾了名的光。另一方面又有人"求"，"求"之不得，也"砸"，说平凹是啬皮加钱迷。平凹呢，不气不恼，反而说："砸我，其实是捧我！替咱扬名么！"20世纪90年代初，平凹是有求必应，"求"的人多了，不免穷于应付，疲于奔命，他就写了个"润格告示",挂在门背后,显然还有点"不好意思"。然而,"求"的人仍多。1996年伊始,平凹修改了自己的"润格告示",堂而皇之悬挂在客厅的正中央。他说:"自古字画卖钱,我当然开价,去年每幅字千元,每幅画一千五,今年人老笔亦老,米价涨字画价也涨。"随即开列了详细的"润格"价目表。这一招果然灵,平凹真就"清闲"了一阵子。怪在越是这样,平凹的字画越是一路看涨,所谓"润格告示"也跟着年年换版本,单今年的字标价已逾万元。褒也罢,贬也罢,反正市场钟情他。当今大名人多的是,不是谁名气大胡写乱画两下就能卖个好价钱的。贾平凹字画一看就姓贾,这就是他最大的优势。

老子说:"大象无形。"平凹做人就如他的字画,俗中藏大雅,拙中见大巧。今年早春二月,平凹为蓝田山悟真寺门楼题写了匾额。挂匾那天,风和日丽。院子里堆着一个雪人,是寺中住持杏云法师的杰作。平凹一惊一乍:"这是佛么!"与雪人并肩站了,请摄影家木南照相。周围人见状,也争相与雪人合影。挂匾的时候,有人响了一串炮。杏云请平凹为匾揭彩,平凹说:"揭彩也要响炮的。"却没有了炮,平凹就猫腰从地上捡了一个炮,说:"一响也是响。"自己用烟头点响了炮。今年初夏,我写了篇文章名曰《贾平凹》,平凹看了后对木南等在场的朋友说:"吹得太好了!"又说:"我改一个字!"我的原话是:"你说我爱钱,我就爱钱;古今中外,有钱人才不爱钱。"平凹删掉了"不"字,原话就变成了"你说我爱钱,我就爱钱;古今中外,有钱人才爱钱"。不等大家回过味来,平凹又作进一步解释:"有钱人爱钱,所以才有钱;穷光蛋不爱钱,是因为没有钱;穷大方是

没钱了才大方。爱情也是一个道理：爱情，才有情；不爱情，情从何而来？"众皆拍手称妙。

大象无形，所以才显示出另一种可爱。去年春，平凹去看黄河古道，见有滑索可以通过峡谷，就要"体验一下"，陪同人忙阻挡，到底没有阻挡住。滑过去后，当地农民听说是贾平凹，都咂舌头，说："大人物里也有二杆子！"转眼到了夏，我陪平凹去看户县农民画展，平凹瞧见龙窝公司总经理赵明理脖子上挂着一枚玉佩，雕着佛，就要到手里，端详了良久，说："太繁琐了，系的红绳没必要那么粗。"说着，也从自己脖领下取出一枚玉佩，大家凑到跟前一看，竟是个小儿阳物，圆润光滑，小巧可爱。平凹故作鬼脸，逗得大家直乐。笑问来历，平凹说："这物是古代的。玉的质地一般，但一经磨化，就十分的可爱了。"我说："也只有你带了这妙物，才越发显示出了其可爱。"一位摩登女士立即挽了平凹的胳膊，说："其实贾老师才可爱呢！"过了若干天，平凹接到那位女士发来的短信，"我"和"你"中间夹着两个英文字母"ks"，平凹问我何意，我摇头。马河声说："好像读'啃死'，就是啃死你！"平凹特别高兴，像顽童一般，歪缩了脖子半捂了脸，故作醉态。又过了若干天，我们去电视台参加一个慈善活动，结束时平凹说："咱不吃他们的饭，我带你们去吃好饭！"在步行去一家饭馆的路上，平凹取出电视台赠送的几样小礼品，一边走，一边看，到饭馆了还打开看，好像一个孩子得了玩具似的。吃的是水盆羊肉，平凹结账，一共49元，他故意装出大方的样子说："50，不找了！"大家都笑他："太阳从西边出来了！"他也笑起来说："不是四百九么，要是四百九，我一定给500！"一旁的鲁风对我说:"平凹有此心态,一定活过一百岁!"

可爱,所以才有情趣,这是平凹真正的魅力所在。他自称不会说话,实际上他不但"会说",而且说得相当"文学",让人觉得大师就是大师。一次,画家邢庆仁请客,满座皆是文化界名人,李蕾挨着平凹,平凹掏出通讯录,要记李蕾电话号码,李蕾说:"记也白记,到时候又忘了。"平凹说:"你是冤枉我呢,我恨不得每页上都记下你的电话!"说得大家都笑起来,邢庆仁说:"我只恨自己不是个美女!"谈笑间,一尾鲈鱼上来,李蕾说:"贾老师,吃鱼!"平凹说:"我不吃!"李蕾问故,平凹说:"我嫌它丑!"李蕾手掩了嘴笑,说:"你也太大师了,吃鱼还要挑美丑?"平凹笑道:"狼吃人也挑美丑,你信不?不信我和你打赌:我们这伙人要是遇见狼,第一个被吃的肯定是你!"说得大家哈哈大笑,李蕾笑得掏出了手绢擦眼泪。马治权举行个人书法研讨会,轮到平凹发言,他说马治权书法"比较平静","不老","大方",前途"不限量"。又说马治权有"艺术家性情",善于自炒,但"炒作得可爱,让人不反感"。他还强调:"爱名是可爱的!"同样的话出自他的口,就别有了滋味在里头。

可爱的人必定善良。只要出自善,平凹明知是"当",也会"上"。早年,朋友的孩子上学或招工,只要说有平凹一幅字就能搞定,平凹一般不会拒绝。我的家乡蓝田县托我请平凹题字,按行规应付一万元润笔,我说蓝田是贫困县,《西安晚报》登蓝田的招商广告都免费,平凹说:"党报免费,咱也免费!"过后不久,他慷慨地题写了"关中胜地"四个字。2003年国庆黄金周期间,西安中学举行学生艺术

节，托我请平凹亲临一次文学沙龙，与学生作现场交流，平凹说日程活动已安排满，无论如何也抽不开身。我说："知道你忙，不过请允许我讲一个故事。一次，某国元首访问美国，按照外交礼仪，总统克林顿必须在规定的时间去接见，偏巧在同一个时间，有个孩子夏令营活动请总统参加，克林顿毫不犹豫地首选了孩子。"平凹说："这一定是你编的，编的好。你让学校放心，到时候我一定去！"到了艺术节那天，平凹果然从商州赶了回来。

2004年夏秋两季，我与木南先生曾经四访平凹故里棣花村。听村里人说，平凹从小就矮瘦，乖巧，勤快，爱读书，不惹事。不论做啥，都要比人强。比如给猪羊割草，人小却贪多，背一背篓草，只见草在动，不见人形。过丹江对岸山上割草，夏水涨而漫过腰，平凹每次背了草过河，远远看去，只见草在水上漂。平凹说："这就是个子矮的好。水浮着，一身轻，比走路舒服多了。"

村人一致的看法是，平凹当年去苗沟水库劳动，是他个人命运的转机。当时因为他毛笔字好，工地上让他负责刷标语。又因为他表现好，当时的人民公社推荐他上了西北大学。对如今出了名的贾平凹，村中有微辞者，嫌他不给乡党办事。也有人为平凹辩护，说村里事难办。平凹弄了10万元给村里修路，路没修好，10万元没有了。这就好有一比：平凹好心送真经，却被歪嘴和尚念歪了。

如今的贾平凹可谓家喻户晓，偏偏棣花村有人不知道。一伙妇女在二郎庙烧香，问她们读过贾平凹的书没有，有两个中年妇女转过头嘀咕："贾平凹得是新来的乡长？"我们去丹江河边看日落，见三位老乡赶集归来坐在地上歇息，问他们可知道贾平凹是干什么的，其中一位说："好像是记者！"另一位立即纠正说："是作者，写书的，出的书一拃厚，比记者牛！"到底记者"牛"，还是作者"牛"，三个人还发生了争执。

　　也难怪。参天大树只有站远了才能看得清楚；身在树下，望眼的是一片树叶和树叶底下的阴凉。贾平凹已成参天大树，许多人就在这棵参天大树下一边乘凉，一边说风凉话。但参天大树就是参天大树，下些毛毛雨，又算得了什么？

孔明

2008 年 8 月 22 日